BIBLIOTHÈQUE ROSE ILLUSTRÉE

MINETTE

PAR

Mme JULIE GOURAUD

OUVRAGE ILLUSTRÉ DE 32 VIGNETTES

PAR ZOUAVE

PARIS

LIBRAIRIE HACHETTE ET Cie

79, BOULEVARD SAINT-GERMAIN, 79

PRIX : 2 FRANCS 25

MINETTE

LA PREMIÈRE LEÇON DE LECTURE (page 7).

MINETTE

PAR

Mlle JULIE GOURAUD

OUVRAGE ILLUSTRÉ DE 52 VIGNETTES

PAR TOFANI

PARIS

LIBRAIRIE HACHETTE ET Cⁱᵉ

79, BOULEVARD SAINT-GERMAIN, 79

1886

MINETTE

Minette n'est pas un chat, mais une charmante petite fille de cinq ans, aimée et, disons-le, gâtée par ses parents et leurs amis.

Elle n'est pas un prodige de science, tant s'en faut! elle connaît à peine ses lettres.

Minette a de beaux yeux bleus, des cheveux blonds et frisés; sa bonne humeur, les grâces

1

de sa petite personne, tout est charmant en elle.

Ses frères Henri et Auguste ne sont pas de ces petits garçons querelleurs et taquins, et nous sommes tenté de le regretter, car on peut craindre que cette charmante Minette ne devienne un de ces petits tyrans comme il n'est pas rare d'en rencontrer.

Si par hasard les petits frères ne se rendent pas d'emblée au moindre désir de Minette, elle fait une petite moue qui tranche la question.

« Ne pleure pas! ne pleure pas, Minette! » et Minette ne pleure plus; ses frères l'embrassent, et elle leur rend tous leurs baisers avec usure.

Minette avait une marraine qui était folle de sa filleule; sans être précisément une fée, cette marraine avait le secret d'inventer des jeux qui n'étaient pas connus des autres enfants.

Pour agir avec plus de liberté, elle l'emmenait chez elle, et, comme Mlle Claire était une bonne et charmante personne, le papa et la maman se rendaient aux désirs de la marraine, dont la maison était voisine de celle des parents de la petite fille.

Minette était vraiment heureuse chez sa marraine : on lui servait son déjeuner et son dîner dans un joli ménage de porcelaine fleurie ; elle se servait elle-même ; elle découpait un blanc de poulet, prenait de la crème et touchait à tous les fruits avant d'arrêter son choix.

Mlle Claire était excellente musicienne, elle avait un piano d'Érard de grand prix ; il eût été sage de ne pas le livrer à sa filleule, mais la marraine se complaisait à voir sa Minette assise sur une chaise haute, faisant courir ses petits doigts sur les touches, et ne craignant pas d'y mettre les coudes pour produire des effets plus imposants.

Les jours de congé, Henri et Auguste étaient invités à venir passer la journée avec leur sœur. On allait quelquefois à la campagne et là, on prenait ses ébats.

Ce qui charmait surtout Mlle Claire et tous les gens de la maison, c'est que ces petites bonnes gens savaient jouer sans se quereller ; je le crois aisément : les deux frères cédaient toujours à leur petite sœur ; aussi, quoique idolâtre de sa filleule, la marraine reprochait parfois à Henri et à Auguste de toujours se soumettre aux volontés de Minette. L'invitation de passer la journée chez des voisins de campagne n'était pas toujours du goût de Minette et de ses frères, bien que tout y fût disposé pour leur plaisir. La maison de la marraine avait pour eux plus de charme, parce

que Minette y *était chez elle*, à la campagne, Minette était loin de son amie Cécile, qui était une
charmante brunette; la séparation ne se faisait
jamais sans larmes; du moins, si elles avaient
su écrire; mais on a remarqué que les larmes
des petites filles sechent très vite, surtout au
grand air; d'ailleurs, à peine arrivée à la campagne, Minette avait tant à faire, qu'il lui eût
été impossible de prendre le temps d'essuyer
ses yeux; ce qui lui prenait le plus de temps,
c'était de renouveler connaissance avec chacune
des bonnes femmes qui l'avaient connue toute
petite, et qui lui racontaient ses gentillesses
d'autrefois. «Dans ce temps-là elle était rusée
et maligne comme tout, mais elle avait bon
cœur : elle donnait son sucre d'orge et son
biscuit à l'indiscret poupon qui lui tendait sa
menotte.»

Cette année-là, quinze jours s'écoulèrent dans
un bonheur sans nuages; c'est à la lettre, puisqu'il n'y en avait même pas au ciel; dans le loin-
tain on voyait distinctement les montagnes; et un
jour Minette y monterait avec son papa et ses
frères; elle aurait un bâton comme eux, et d'ailleurs, si son pied glissait, Henri l'empêcherait
bien de rouler jusqu'en bas.

«Oh! disait quelquefois Minette, qu'on est heureuse d'être grande comme ma marraine!»

Mais une affaire très sérieuse allait bientôt occuper notre Minette. Un matin, Mme Lucet dit à sa petite fille qu'elle avait une grande nouvelle à lui annoncer :

« Je vais commencer ton éducation, ma fille.

— Qu'est-ce que c'est, maman, commencer son éducation?

— C'est apprendre tout ce qu'il faut pour ne pas être une ignorante; et, ma chérie, il y a beaucoup de petites filles qui savent lire à ton âge.

— Oh! maman, reprit Minette d'une voix émue, j'en connais bien aussi qui ne savent pas lire, allez!...

— J'en connais aussi, moi, mais je ne veux pas que ma Minette chérie soit ignorante comme ces petites filles-là.

— Maman, est-ce la maîtresse d'école qui m'apprendra à lire?

— La maîtresse d'école! non vraiment. C'est moi qui serai la maîtresse de ma petite fille. Es-tu contente?

— Bien contente, non, maman, mais je n'ai plus de chagrin. »

Henri et Auguste dissipèrent bien vite les appréhensions de leur petite sœur :

« Puisque nous avons appris à lire, tu apprendras comme nous, Minette. Maman a beau-

coup de patience, tu apprendras dans notre livre,
et puis..., faut-il le dire, Henri?

— Oui, dis-le.

— Et puis, tu apprendras dans un livre qui
a autant d'images que de pages.

— Oh! que je voudrais voir ce livre, mon
frère! Henri, as-tu encore le tien?

— Non; je l'ai donné au petit garçon du maréchal ferrant, un petit sans-soin qui en a perdu
des pages.

— Et toi, Auguste?

— Je ne sais pas où il est.

— Mon frère, c'est laid de n'avoir pas soin de
son livre. »

La journée se passa sans qu'il fût question de
leçon de lecture; mais le lendemain matin, à
peine Minette était-elle levée, que sa maman lui
dit : « Allons cueillir un bouquet, ma chérie, et
ensuite je te donnerai ta première leçon de
lecture.

— Pour qui est donc ce bouquet, maman?

— Pour toi, chère enfant, afin d'orner ta table
de travail.

— Maman, maman, rentrons bien vite. »

La mère souriait en voyant avec quel empressement Minette courait vers la maison où l'attendait sa première leçon de lecture. « Pauvre chérie !
à partir de ce moment elle aura de petits cha-

grins, pensait-elle ; mais je serai là pour la consoler. » Pendant que Minette ôtait son chapeau
et goûtait aux fraises qu'apportait le jardinier,
la maman préparait la table d'étude ; mais, au
lieu du livre que ses frères lui avaient annoncé,
Minette vit apparaître un vieil alphabet dont
les pages étaient tout usées ; néanmoins elle
ne se fit pas prier pour cette première leçon,
parce que ce qui est nouveau plaît aux enfants.
Toutefois ce vieux livre ne lui plaisait guère ;
aussi elle devint sérieuse, et demanda à sa
mère si c'était dans ce vilain livre-là qu'elle allait lire.

« Oui, ma chérie, je l'ai choisi de préférence à
tout autre parce que c'est dans celui-là que les
frères ont appris à lire. »

Minette parut touchée de cette considération,
et puis, comme elle aimait beaucoup ses frères,
elle prit le vieux livre dans ses petites mains
avec une sorte de résignation.

Notre intention n'est pas de faire assister nos
lecteurs à toutes les leçons de Minette ; qu'il leur
suffise de savoir que le désir de satisfaire sa
maman l'aida beaucoup ; elle bâillait bien de
temps en temps, mais un baiser de la maîtresse
ramenait la sérénité sur son front,

La première leçon fut interrompue bien des
fois, la mère usant de toute l'indulgence qu'elle

croyait nécessaire pour apprivoiser son *petit chat*
à l'étude. Quoique souvent interrompue, la première leçon fut courte et malgré cela Minette
fut largement récompensée.

La nouvelle écolière, ayant recouvré sa liberté,
fit part du grand événement qui venait de s'accomplir à tous les gens de la maison; et n'eut-
elle pas la prétention de donner une leçon de lecture à la vieille éleveuse de volailles!

« Pour ça non, dit la bonne femme; j'ai fait
mon chemin sans l'*instruction*, et je suis trop
vieille pour m'y mettre à *c't heure*. Je ne veux
rien apprendre de nouveau.

— Mais, répliquait Minette, ce n'est pas nouveau de lire; il y a très longtemps qu'on lit dans
les livres.

— Laissez-moi tranquille : chacun son mé-
tier. »

Minette ne se découragea pas pour si peu;
elle s'adressa à la cuisinière; celle-ci lui dit
qu'elle n'était pas curieuse, et qu'elle avait trop
à travailler pour regarder dans les livres. Enfin
Minette finit par entreprendre Suzon, la fille du
jardinier. La petite taille de cette enfant pouvait
faire supposer qu'elle avait à peine six ans,
tandis qu'elle en avait plus de huit. Minette fut
déconcertée lorsque Suzon lui répondit :

« Merci, Mademoiselle, je sais lire dans tous

Pendant que Minette goûtait aux fraises qu'apportait le jardinier.

les livres, depuis la première page jusqu'à la dernière, et je lirai bientôt *dans l'écriture.* »

Minette devint sérieuse, elle réfléchit pendant une minute, puis elle dit tout haut : « Moi aussi, je saurai lire *dans l'écriture.* Je sais bien ce que je vais faire. »

Minette roulait un grand projet dans sa tête, un projet qui l'étonnait elle-même.

Lorsque ses frères furent revenus de la promenade, elle les emmena sous la charmille et leur dit :

« Mes frères, figurez-vous que la petite Suzon sait lire dans tous les livres et dans l'écriture. Ça m'ennuie, parce que moi je ne sais pas lire. Je prendrai une leçon tous les matins avec maman ; mais je vous prie de m'en donner une aussi dans la journée ; et, quand je saurai lire, Suzon sera joliment attrapée. »

Les frères de Minette s'amusèrent beaucoup de son ambition ; toutefois ils consentirent à donner chaque jour une leçon à leur petite sœur, qui fit preuve d'application et montra d'heureuses dispositions.

Le nom de Suzon revenait souvent pendant la leçon ; la petite jardinière était considérée comme une rivale, qu'il fallait vaincre à tout prix. Mme Lucet fut d'abord très surprise des progrès de Minette ; mais elle finit par découvrir le grand secret; seulement elle n'en laissa rien paraître.

Minette faisait réellement de rapides progrès; elle riait en songeant à la surprise de sa mère quand sa petite fille saurait lire, et elle se faisait embrasser chaque fois qu'elle avait vaincu la moindre difficulté. Le temps passe vite : même, et peut-être surtout, lorsqu'on apprend à lire; et, trois mois plus tard, Mlle Minette lisait dans un beau livre qui était la récompense de son zèle. Assurément, la bonne petite fille était fière de l'heureux résultat de son application; mais il importait surtout de convaincre Suzon que Minette était aussi savante qu'elle. Comme Minette n'avait pas de secret pour sa mère, elle lui dit un beau jour :

« Maman, si vous me donniez un joli livre pour Suzon, je le lui porterais, et en même temps je lui prouverais que je suis aussi savante qu'elle. »

La maman entra dans les idées de sa petite fille, elle lui remit un joli livre d'histoires, et lui permit de le porter à Suzon.

Minette et sa bonne furent bientôt rendues chez le jardinier.

« Tiens, Suzon, dit Minette, maman t'envoie un joli livre d'histoires qui te feront rire, il y

en a aussi qui te feront pleurer; et Minette,
ouvrant le livre, dit : « En voici une joliment
amusante; écoute seulement le commencement.»
Mais à peine Minette avait-elle lu quatre lignes,
que Suzon s'écria :

« Oh! Mam'selle, vous lisez aussi bien que
moi.

— Pardi! répliqua Nanette, croyais-tu que
la tête de notre demoiselle était plus dure que
la tienne?

— Bien sûr que non, mam'selle Nanette »,
répondit Suzon en rougissant; « mais je ne
croyais pas tout de même que notre demoiselle
apprendrait si vite. »

Minette raconta avec enthousiasme à sa mère
la surprise de Suzon; cette surprise, elle se réservait de la faire à bien d'autres.

Minette ne quittait plus son livre; et elle ne
perdait jamais une occasion de recueillir une
louange. Sa mère s'amusait de cet enthousiasme
pour la lecture; et, profitant de la bonne volonté
de sa petite fille, elle lui annonça un beau jour
qu'elle allait passer de la lecture à l'écriture.
Cette nouvelle, loin d'effrayer la petite, l'enchanta. Tout lui plaisait dans cette nouvelle
étude, jusqu'à l'encre dont ses doigts étaient
continuellement barbouillés. Quelques semaines
plus tard, le cahier de Minette était couvert de

bonshommes, d'arbres et de maisons, qui accusaient déjà des dispositions réelles pour le dessin.

L'année suivante, un grand événement vint changer la vie paisible de la famille.

II

La cousine

La famille avait passé paisiblement la belle saison dans une modeste terre qu'elle possédait en Anjou. M. Lucet, devenu un habile fermier, voyait avec tristesse le moment où le lycée deviendrait nécessaire à ses fils : quoique fort capable, il préférait pour Henri et Auguste l'éducation commune aux leçons d'un papa.

Ayant reçu une lettre d'un de ses camarades de jeunesse, devenu proviseur du lycée Henri IV, il fut heureux de cette marque de bon souvenir;

et cette circonstance le détermina à choisir le
lycée Henri IV de préférence à tout autre.

Mme Lucet regrettait de se séparer de ses
enfants; toutefois elle approuva la détermina-
tion de son mari, et il n'y eut point de discus-
sion au foyer domestique, bien qu'il y eût des
larmes.

La *Prairie*, qu'on allait quitter, était une
propriété modeste où chacun avait ses aises et
trouvait ses plaisirs.

La pensée d'habiter Paris bouleversait la mère
de famille; mais son mari, qui connaissait la
générosité de son cœur et la justesse de son
jugement, était sûr de voir tomber bientôt ses
préventions contre un changement de vie qui
devait assurer l'avenir de ses enfants. Mais
Minette ne souffrirait-elle pas de ce changement d'existence? Les plus belles promenades
de Paris ne remplaceraient pas pour l'enfant
les petits chemins fleuris et les haies où elle
cueillait de si jolis bouquets; elle ne courrait
plus après les papillons, elle ne tendrait plus
son tablier à Thomas pour qu'il lui jetât des
cerises. Enfin, se disait la mère, les plus gen-
tilles Parisiennes ne remplaceront pas pour Minette son amie Suzon, les poules et les canards.

La pauvre mère n'était pas seule à se désoler.

Nanette et Rosine, les deux servantes de la famille, crurent rêver en apprenant qu'elles allaient quitter le pays; mais elles n'eurent pas la pensée de laisser partir la famille sans elles. Nanette avait élevé les enfants, et Rosine avait été formée au service par ses maîtres.

Mme Lucet a triomphé de ses appréhensions; et, dès les premiers jours d'octobre, nous la trouvons établie dans un appartement peu éloigné du lycée Henri IV. Cet appartement ne manquait pas d'un certain confort, quoique dénué de luxe. Le voisinage du Luxembourg était tout à fait du goût d'Auguste et de Henri, et Minette était d'accord sur ce point avec ses frères, comme sur beaucoup d'autres. Elle ne regrettait plus qu'une chose, c'est que Suzon ne fût pas là pour jouer avec elle.

Les jours qui précédèrent l'entrée au collège furent employés à faire connaissance avec les environs de Paris. Minette ne suivait pas ses frères dans ces promenades, trop longues pour ses petites jambes; mais elle avait déjà des amies d'occasion et faisait de bonnes parties de balle avec elles.

Vint enfin le jour où les deux frères revêtirent l'uniforme du lycée. Minette fut éblouie de l'éclat de cet uniforme, elle en compta les boutons plusieurs fois, elle se coiffa du képi universitaire

2

et ne manqua pas de saluer tout le monde.
Celte petite scène ramena le sourire sur toutes
les lèvres.

Il fallut enfin quitter la maison : maman ne
serait plus là pour gâter ses enfants. Henri avait
le cœur bien gros, et il ne le dissimulait qu'im-
parfaitement; mais Auguste, qui rêvait déjà de
porter l'épée, disait à son frère : « Que veux-tu?
nous sommes des hommes, il faut avoir du courage ».

Mme Lucet, une fois entrée dans la voie des
sacrifices, résolut d'aller voir une cousine de son
mari, peu connue de la famille jusqu'alors. Elle
espérait que la présence de Minette lui assurerait
un bon accueil; elle prit donc le chemin de la rue
de Seine, où demeurait Mme Bertran, quoiqu'elle
n'eût pas reçu de réponse à la lettre qui annonçait son arrivée.

Mme Bertran était en conférence avec son
notaire lorsque Mme Lucet se présenta. Elle la
fit prier de vouloir bien attendre quelques instants.

Les instants se succédèrent indéfiniment; par
bonheur Minette faisait l'inventaire de toutes les
belles choses qui frappaient ses regards. Parmi
toutes ces jolies inutilités, il y en avait plusieurs
qui flattaient la fantaisie de la petite fille; mais
une, tout particulièrement.

Elle en compta les boutons plusieurs fois.

« Maman, dit-elle, croyez-vous que votre cousine me donnera ce petit chien qui tire la langue?

— Non, je ne le crois pas; mais surtout, ma Minette chérie, ne demande rien!

— Soyez tranquille, maman, vous m'avez dit souvent que les enfants ne doivent rien demander. »

Minette était occupée à compter avec son petit doigt les clous dorés d'un fauteuil lorsque Mme Bertran dit en entrant : « Petite, petite, ne touchez pas à mes meubles ».

Minette effrayée se sauva près d'une fenêtre et s'occupa à compter les passants.

Pendant ce temps-là Mme Bertran se laissait embrasser par sa cousine en lui disant :

« Vous voilà donc enfin sortie de votre province, ma chère cousine.

— L'éducation de nos fils nous y a obligés.

— Vous auriez pu les laisser pensionnaires, et vous en retourner chez vous.

— Nous n'avons pas voulu nous en séparer », répondit Mme Lucet; puis elle s'informa de la santé de sa cousine; les détails ne lui en furent point épargnés.

Mme Lucet excusa son mari de n'avoir pu l'accompagner dans cette première visite; une affaire importante l'en avait empêché; mais il présen-

terait ses fils à sa cousine le premier jour de
congé.

« Je désire que mon neveu trouve une position
dans notre capitale, reprit Mme Bertran, mais les
provinciaux se font tant d'illusions !... Où demeu-
rez-vous, ma chère ?

— Rue de l'Estrapade, à deux pas du collège.

— Rue de l'Estrapade ! mais il n'y a que les
maîtres d'écriture qui habitent cette rue-là !

— Nous y sommes très bien installés, et nous
pouvons voir nos enfants aux récréations, si bon
nous semble.

— Ne comptez pas trop sur mes visites, ma
chère cousine ; mon cocher ménage ses chevaux,
et la rue de l'Estrapade est une montagne inac-
cessible l'hiver, et fatigante l'été.

— C'est nous qui viendrons vous voir, ma cousine.

— Vous me trouverez toujours avant deux
heures ; mais, passé cette heure-là, je ne m'ap-
partiens plus ; et, en disant ces mots, elle regarda
la pendule.

— Minette, dit Mme Lucet, viens dire adieu à
ma cousine. » Minette présenta son front d'un
air résigné.

« Votre Minette est encore une petite sauvage,
mais nous la civiliserons avec le temps. »

La mère et l'enfant eurent bientôt descendu le moelleux escalier de Mme Bertran.

« Maman, dit Minette, je n'aime pas du tout la cousine de papa; elle m'a fait peur quand elle m'a dit de ne pas toucher aux clous de son fauteuil. Elle est bien laide cette dame, et vous, maman, vous êtes bien jolie.

— Les enfants ne s'y connaissent pas : tu trouves ta cousine laide parce qu'elle n'a pas été aimable.

— Si elle m'avait donné ce petit chien qui tire la langue, je ne la trouverais pas si laide; maman, embrassez-moi. »

La mère couvrit de baisers le visage de sa petite fille; il lui semblait qu'elle payait la dette de cette femme indifférente, qui n'avait rien trouvé dans son cœur pour réjouir celui d'une enfant.

Mme Lucet rendit un compte fidèle à son mari de l'accueil glacial qu'elle avait reçu de sa cousine, et Minette ajouta ses réflexions, qui n'étaient pas sans valeur.

Cependant, quinze jours plus tard, la cousine vint rendre visite à Mme Lucet; sa toilette était de la dernière élégance, et celle qui la portait était souriante et gracieuse; tout cela n'avait pas empêché Minette de se sauver lorsqu'elle l'avait aperçue descendant de voiture.

« Je viens, dit Mme Bertran, vous apporter

l'adresse de ma couturière et celle de ma marchande de modes, car vous seriez exposée à vous adresser à des personnes de mauvais goût. »

Mme Lucet prit les adresses et remercia sa cousine. Le chapitre de la toilette était entamé, mais M. Lucet vint fort à propos au secours de sa femme.

Toutes les banalités étant épuisées, Mme Bertran allait se retirer, lorsque Minette mit le nez à la porte.

« Viens », lui dit son père; mais l'enfant répondit à cette invitation en prenant la fuite.

« Petite sauvage! nous la civiliserons : nous avons des bals d'enfants où votre *petit chat* s'amusera certainement beaucoup. Ces réunions ont l'avantage de former les enfants aux usages du monde, tout en les amusant.

« Je donnerai cet hiver un bal d'enfants, et nous ferons de votre Minette une jolie chatte blanche; je vais y songer dès à présent.

— Vous êtes bien aimable, ma cousine, mais je me propose de ne pas aller dans le monde.

— Sauvage! il n'est pas question de vous, dit Mme Bertran, mais de votre enfant. Vous me la confierez, et mon cousin sera là pour nous surveiller.

— Maman, je ne veux pas être un *chat!* » s'écria Minette.

Mme Lucet ne répondit que par un sourire;

mais Mme Bertran interpréta ce sourire comme il devait l'être : c'était un refus.

M. Lucet offrit son bras à sa cousine, qui l'accepta avec empressement.

« Vous aurez fort à faire, mon pauvre cousin, pour civiliser votre femme.

— C'est mon opinion, aussi je me propose de lui laisser sa liberté, dont elle n'a usé jusqu'ici que pour faire mon bonheur et celui de nos enfants. »

Comme M. Lucet achevait ces mots, Mme Bertran se jeta dans sa voiture, sans ajouter un seul mot, et les passants purent se dire en voyant son attitude : « Voilà une femme qui fait de bien sérieuses réflexions ».

En effet, Mme Bertran faisait de sérieuses réflexions....

« Me voilà affublée de provinciaux, dont je ne saurai que faire : ce sont des sauvages, qui ne se laisseront pas civiliser. Que ne sont-ils restés dans leur Anjou, dont ils chantent les louanges sur tous les tons. La petite est gentille, on en ferait quelque chose, s'ils y consentaient; mais.... »

Mme Bertran resta silencieuse le reste de la journée; elle ne fit qu'une apparition au Bois, et rentra sans avoir rendu les visites qu'elle s'était proposé de faire; puis elle défendit sa porte.

Que se passait-il donc dans le cœur de cette femme?

Elle était humiliée de voir des gens qu'elle plaçait au-dessous d'elle, refuser sa protection. Elle avait compté sur eux pour la distraire, et jouissait d'avance de leur ébahissement quand ils verraient la recherche de son intérieur. Ce *chat*, comme elle disait avec ironie, aurait pu être une distraction. Ah! qu'elle l'aurait bien élevée, bien habillée! que cette petite eût été heureuse! Qu'allaient-ils en faire? Une *marmiteuse*, et rien de plus.

Mme Bertran quitta son élégante toilette sans dire mot à Eugénie, sa femme de chambre, ce qui n'était pas dans ses habitudes. Eugénie se dit : « Il s'est passé quelque chose d'extraordinaire »; et elle communiqua son impression à ses camarades. Chacun donna son avis, et personne ne pénétra le motif d'un semblable changement. Cependant, une seconde visite ne se fit pas attendre : M. Lucet profita d'un jour de congé pour présenter ses fils à sa cousine. Ils étaient vraiment charmants, ces petits garçons, dans leur uniforme de collégiens. Leurs manières étaient si polies, qu'on ne les eût jamais pris pour des campagnards. La cousine fit servir un goûter qui devait laisser de longs souvenirs dans la mémoire des collégiens. Ces messieurs y firent honneur et ne comprirent rien à tout ce que Minette leur avait dit de la cousine. Cette visite ne fit qu'accroître la mélancolie de Mme Bertran. Quel plaisir c'eût été pour elle de parer son landau de ces deux charmants garçons, de leur faire voir les curiosités de Paris! « Pauvres enfants, disait-elle, placés au milieu de tous les plaisirs de leur âge, ils ne sortiront pas du Luxembourg! »

Mme Bertran éprouvait une déception sans remède : dénuée de talents, sans goût pour la lecture, maladroite de ses mains, elle ne trouvait aucune ressource en elle-même. De temps en temps elle entreprenait bien une tapisserie, mais ce travail était sans but, et la pauvre femme n'y trouvait aucune distraction. La tapisserie passait aux mains de la femme de chambre, qui n'était pas fâchée de faire montre de son habileté.

Les réflexions de M. et de Mme Lucet étaient tout autres : il s'agissait de conserver des relations de politesse, et d'éviter tout ce qui pourrait blesser Mme Bertran. Ils éprouvaient une véritable compassion pour cette femme qui, arrivée à l'âge mûr, conservait le goût et les habitudes du monde, sans y trouver de compensations suffisantes. Elle avait rêvé le rôle de bienfaitrice, et c'était elle qui avait tout à gagner dans cette nouvelle relation.

Dans le quartier qu'habitait la famille Lucet, la mère de famille pouvait conserver ses ha-

bitudes. Minette prenait régulièrement ses leçons avec sa maman, et le parloir du collège
était bien plus beau à ses yeux que le salon de
la cousine. Les jours de congé étaient des jours
de fête que rien n'aurait pu remplacer. Si le
landau de la cousine n'était pas à la disposition
de la famille, il y avait toujours de la place dans
l'omnibus qui stationnait à leur porte. Henri et
Auguste trouvaient même un certain plaisir à
en escalader les larges marches et à aider leur
mère à les monter. Quant à Minette, elle n'acceptait l'aide de personne.

Nos écoliers, comme tous les enfants qui ne
sont pas paresseux, se plaisaient au collège;
leurs professeurs rendaient bon témoignage
d'eux, et leurs camarades les aimaient.

Les jours de congé, on revenait avec plaisir
chez la cousine, où se trouvaient bilboquets et
soldats de plomb, en un mot tout ce qui peut
amuser des garçons; puis, avouons-le franche-
ment, ils n'étaient pas indifférents non plus aux
friandises qui leur étaient offertes. Minette seule
eût résisté à la tentation, sans l'autorité de sa
mère. Cependant, elle finissait par faire honneur aux goûters de la cousine, sans l'aimer
davantage. Si Henri et Auguste faisaient son
éloge, tout en croquant ses bonbons, Minette disait :

« Moi, je ne l'aime pas, parce qu'elle m'appelle *mon chat*.

— Cela nous arrive bien aussi quelquefois, ma petite sœur, dit Auguste.

— Oh vous! c'est différent, je suis votre *petit chat* à vous, et jamais je ne vous grifferai; mais....

— Mais! voudrais-tu donc griffer la cousine?

— Je ne dis pas ça, mon frère, mais je ne l'aime pas.

— Tu as tort : il faut l'aimer puisqu'elle est la cousine de papa.

— Eh bien! dit Minette, je tâcherai de l'aimer un peu, mais rien qu'un peu. »

Les frères dissimulèrent leur envie de rire, et attirèrent l'attention de Minette sur un chien qui passait dans la rue, et qui avait la queue en trompette.

III

Monsieur et mademoiselle Leduc

Le jour de l'an fut une occasion pour Mme Bertran de se montrer aimable. Son salon fût trans-
formé en un véritable bazar où l'on voyait des
soldats, des chevaux à bascule, des ballons
et une superbe poupée aux yeux d'émail et aux
cheveux blonds; mais, Mme Bertran ayant eu la
maladresse de faire remarquer que les yeux de la
poupée avaient quelque ressemblance avec ceux
de Minette, la petite fille en fut indignée.

Mme Bertran compléta les plaisirs de la journée en mettant son landau à la disposition de la famille Lucet.

Henri et Auguste ne se firent pas prier pour remercier Mme Bertran des belles étrennes qu'ils emportèrent. Mais Minette ne desserra pas les dents et ne se laissa embrasser que parce qu'elle ne pouvait pas faire autrement.

M. et Mme Lucet, qui s'étaient d'abord amusés du peu de sympathie de leur petite fille pour Mme Bertran, finirent par en être contrariés, car ils ne se figuraient pas qu'une enfant de six ans pût résister aux séductions qu'employait la cousine.

A peine arrivés à la maison, les écoliers rangèrent leurs soldats en bataille; et, sans doute en prévision de l'avenir, Auguste se nomma général de cette brillante armée, et il fit de Henri son aide de camp.

Minette avait d'abord accordé quelque intérêt à cette magnifique armée; mais elle disparut au moment d'une charge contre les ennemis de la France.

« Où est-elle allée?... »

Son absence ne fut remarquée qu'au moment du dîner. Après un quart d'heure de recherches, sa bonne la trouva derrière les rideaux de sa chambre, fouettant sa poupée aussi fort que le permettait la petitesse de ses mains.

« Qu'a-t-elle donc fait pour que tu la fouettes ainsi, ma Minette?

— C'est une petite coquette dont les airs ne me plaisent pas, une faiseuse d'embarras. Nanette, tu vas lui faire une robe d'indienne, ou, si tu veux, de flanelle pour qu'elle ne s'enrhume pas.

— Mais, dit Nanette d'un air vraiment effrayé, que dira votre cousine?

— Elle ne la verra pas. Je la mettrai au lit quand la cousine viendra. »

Nanette alla conter à M. et à Mme Lucet ce qui venait de se passer. Les parents s'en amusèrent d'abord, puis, en réfléchissant, ils comprirent que cet acte était une protestation contre la cousine, et qu'il fallait blâmer Minette d'une semblable conduite.

Minette écouta en silence les observations de ses parents; mais elle s'excusa en disant qu'elle voulait que sa poupée fût habillée aussi simplement que sa maman à elle l'habillait.

La chose en resta là, mais M. et Mme Lucet convinrent d'envoyer rarement Minette chez Mme Bertran.

L'hiver se passa sans qu'il fût question de bal d'enfants.

Les vacances de Pâques furent une occasion toute naturelle d'accepter l'invitation d'aller à Saint-Germain, chez un ami de M. Lucet.

3

Mme Bertran ne vit dans l'absence de la famille Lucet qu'une preuve de mauvais goût.
« Eh bien, dit-elle, je vois que je ne ferai
jamais rien d'eux; qu'ils aillent, si bon leur
semble, s'enrhumer à Saint-Germain. Il faut
être Angevin pour avoir une pareille idée. »

Les enfants, ravis d'aller à la campagne, n'eurent point de déception; quoique dépouillée de ses
ombrages, la forêt leur semblait encore belle;
un lièvre, un lapin, traversant les taillis exci-
taient leur enthousiasme. Minette, qui avait toujours un petit carnet dans sa poche, se donnait
des airs d'artiste. Tout en riant de ses prétentions, ses frères reconnaissaient que leur petite
sœur avait réellement des dispositions pour le
dessin. Le lapin était le modèle que Minette
choisissait de préférence, mais, comme le lapin
ne pose pas pour l'artiste, il en résultait que
ceux de Minette étaient des lapins de fantaisie :
ce qui ne leur ôtait rien de leur mérite aux
yeux de l'artiste et de ses parents.

Le soleil était radieux; et il ne se passait pas
un jour sans qu'on vînt s'asseoir sur la terrasse.
Minette était si contente qu'elle pardonna à sa
poupée-*cousine*, comme elle l'appelait; elle lui
rendit ses belles toilettes et l'emmena désormais
à la promenade.

Le jour du départ fut d'autant plus triste que

le temps continuait à être beau, et que beaucoup d'étrangers arrivaient à Saint-Germain.

Cependant la gaieté reparut sur les frais
visages de Henri et d'Auguste, qui rentrèrent au
collège sans protestations, sinon sans regrets; ils
promirent de bien travailler, et tinrent parole.

La bonne Mme Lucet, soupçonnant le mé-
contentement que son absence avait causé à
Mme Bertran, qui avait contracté l'habitude de
venir la voir souvent, s'empressa de se rendre
chez elle.

La femme de chambre lui apprit que sa maîtresse était malade depuis trois jours.

Sur la demande de Mme Lucet, la femme de
chambre alla demander à la malade si elle voulait la recevoir.

« Certainement; quoiqu'elle ne soit pas amusante, elle me distraira. »

La malade accueillit bien Mme Lucet, qui lui
témoigna le regret de la trouver seule et souffrante.

Mme Bertran se plaignit longuement de son
isolement; puis elle dit enfin :

« Comment vont les enfants, ma cousine?

— A merveille; quelques jours de campagne
les ont enchantés, et ils sont rentrés courageusement au collège.

— Et Minette?

— Minette entrera en pension demain.

— En pension ! s'écria Mme Bertran, y pensez-vous ?

— Nous avons beaucoup réfléchi avant de prendre ce parti, mais il faut aimer ses enfants pour eux-mêmes, et non pour soi; d'ailleurs notre Minette rentrera sous notre toit à la fin de chaque journée.

— Pleure-t-elle à la pensée de vous quitter toute une journée ?

— Pas du tout; elle dit qu'elle veut être savante et que, pour être savante, il faut bien aller en pension.

— Vous me l'amènerez les jours de congé, n'est-ce pas ?

— Autant qu'il me sera possible, ma cousine.

— Tout est possible avec de la bonne volonté », dit sèchement la malade.

Après quelques instants de silence, Mme Lucet se leva et tendit la main à sa cousine. L'entrée de la femme de chambre qui apportait un potage à la malade fut une heureuse diversion.

Mme Lucet rendit compte de sa visite à son mari.

« Je la crois très malade, dit-elle, tu iras la voir, mon ami.

— Certainement.

— Maman, il faudra que papa lui porte des confitures », dit Minette.

Ce conseil indiquait évidemment qu'il y avait un apaisement dans les sentiments de Minette.

Le printemps passa paisiblement; aucune nouvelle connaissance n'en troubla la tranquillité. Chaque semaine, la malade recevait une visite de M. ou de Mme Lucet. Ils étaient d'autant plus attentionnés pour elle, qu'ils la trouvaient toujours en tête-à-tête avec Mlle Eugénie, sa femme de chambre : c'était sa seule société.

Où étaient donc ces amies qu'elle visitait si assidûment?

Mme Lucet était bien tentée de dire à sa cousine que les gens du monde fuient la tristesse, et que d'ailleurs ils ont trop d'obligations envers les gens qui se portent bien pour trouver le temps d'aller voir les malades.

La belle saison avait rendu à nos jardins toute leur beauté. On y voyait chaque jour des enfants courir, sauter, on les entendait s'appeler joyeusement et quelquefois se quereller sur quelque point délicat; mais la paix était vite conclue, car ils ne pouvaient se passer les uns des autres.

Un facteur de chemin de fer se présenta un beau matin tenant son registre d'une main et une bourriche de l'autre. Le jardinier n'avait eu garde d'oublier les ordres de sa maîtresse. Ce panier

contenait les primeurs du potager de la *Prairie*.
L'ouverture en fut solennelle, maîtres et serviteurs constatèrent là beauté et la fraîcheur des
légumes. Nanette, qui était Angevine jusqu'au
fond de l'âme, prétendait que ce serait peine
perdue de chercher à la Halle des légumes aussi
belles! et aussi *fraîches*! Minette fit naturellement
chorus avec sa bonne; et l'enthousiasme général
se soutint toutletemps que les légumes parurent
sur la table.

Un jour, Mme Lucet dit à son mari :

« Nous habitons une rue qui, s'il faut en croire
ta cousine, est la rue des maîtres d'écriture; je
vais m'informer auprès de notre propriétaire s'il
en connaît un à qui nous puissions confier notre
Minette, dont l'absence nous est si pénible. »

M. Lucet approuva sa femme, et, huit jours
plus tard, un professeur d'âge mûr vint offrir ses
services à Mme Lucet. Quoique M. Leduc ne fût
plus jeune, sa physionomie douce et ouverte lui
concilia d'emblée la sympathie de son élève.

Dès la première leçon, le maître apprécia les
dispositions de la petite fille, et de son côté Minette
disait : « Il ne me fait pas peur du tout, il a l'air
si bon ! »

Une fois, M. Leduc surprit sa petite élève des-
sinant un paysage de fantaisie.

« Vous dessinez, mademoiselle Minette?

Le maître apprécia les dispositions de la petite fille.

— Oui, Monsieur, parce que ça m'amuse. Je vais vous montrer le portrait de notre maison de campagne ; et, ouvrant son pupitre, elle y prit un *croquis de la Prairie*.

— C'est vous qui avez fait cela?

— Oui, Monsieur; n'est-ce pas que c'est joli?

— Très joli. Voulez-vous me donner ce dessin, je le montrerai à ma fille, qui dessine aussi.

— Monsieur, je ne peux pas vous le donner, parce que ça me fait plaisir de le regarder : il me semble que je suis à la maison.

— Eh bien, je vous le rendrai. »

Mlle Leduc ne put croire qu'une enfant de huit ans eût un coup de crayon aussi hardi; elle eût volontiers mis ce petit dessin dans son album; mais, son père ayant promis de le rendre, elle voulut du moins le remettre elle-même à l'élève de son père; elle accompagna donc ce dernier chez Mme Lucet, le lendemain même, et fit connaissance avec Minette et ses parents. Elle leur parla des heureuses dispositions de l'enfant, et ajouta combien elle serait heureuse d'avoir une élève aussi bien douée.

« Il n'en est pas du dessin comme de la musique, dit la mère : il faudra attendre plusieurs années avant de cultiver les heureuses dispositions de notre petite fille.

— J'ai des élèves de huit ans, répondit

Mlle Leduc, mais elles dessinent debout et sans
fatigue, car la leçon ne dure pas plus d'un quart
d'heure, et cette leçon n'est pas autre chose
qu'une récréation. S'il vous était agréable, Madame, d'assister à mon cours, vous en pourriez
juger vous-même. Je supporte bien des enfan-
tillages, dans l'espoir d'avoir de bonnes élèves
plus tard. »

Mme Lucet promit à Mlle Leduc d'aller lui
rendre visite à l'heure du cours de dessin : la
politesse lui en faisait un devoir.

Cette visite aurait été ajournée si Minette n'eût
pas connu le projet de sa mère; mais voir des
petites filles dessiner lui semblait une merveille.
Elle supplia donc sa mère de la mener au cours
de Mlle Leduc : la maman céda.

Avant d'entrer dans la classe, Minette entendit
les éclats de rire, qui produisirent sur elle la
plus heureuse impression : ce cours n'était, à
vrai dire, qu'une récréation.

Une douzaine de petites filles, dont l'aînée
pouvait avoir neuf ans, étaient debout chacune
devant un chevalet : les unes faisaient de beaux
zigzags, d'autres des bonshommes, quelques-
unes des oiseaux auxquels il ne manquait que des
ailes et des pattes.

Mlle Leduc offrit un crayon à Minette, qui le
refusa; mais, une petite blondine lui ayant offert

le sien, elle l'accepta et dessina un arbre, qui fit
l'admiration de toutes ces demoiselles.

Mme Lucet, s'étant convaincue que ce cours
n'était qu'une utile récréation, fut d'accord avec
son mari pour y envoyer Minette de temps en
temps; mais Minette s'y amusait tellement et
faisait preuve de dispositions si réelles, que
Mlle Leduc ne tarda pas à la compter au nombre
de ses élèves régulières.

Cette classe était vraiment intéressante à suivre. Beaucoup de chevalets, il est vrai, étaient
couverts de barbouillages insignifiants, toutefois quelques-uns de ces dessins accusaient des
dispositions naissantes. Minette ne tarda pas à
occuper le premier rang parmi ses compagnes.

Lorsqu'elle se plaçait devant son chevalet, les
autres petites filles l'entouraient, et chacune lui
donnait un sujet : « Minette, faites un lapin;
Minette, faites une maison », et Minette obéissait.
Mais comme il fut bientôt reconnu que son crayon
était surtout habile à esquisser les arbres et les
fleurs, on ne lui demandait plus autre chose.

Mlle Leduc était enchantée de son élève, quoique les arbres de Minette eussent parfois des
branches qui menaçaient le ciel, et des feuillages
un peu trop touffus.

Il ne fut bientôt plus question dans la famille
que du talent de Minette. Les jours de congé

de Henri et d'Auguste, le crayon de la petite sœur
obéissait à tous leurs caprices, et la petite se
tirait toujours d'affaire d'une façon qui étonnait
les parents et les enfants.

Cependant le côté dangereux de ces heureuses
dispositions n'échappa pas à Mme Lucet : tant
d'admiration pouvait donner à Minette une trop
haute idée d'elle-même.

IV

Les moutons d'Australie

Deux années s'étaient écoulées, et M. Lucet, n'ayant encore trouvé aucun emploi, regrettait le séjour à la *Prairie*, où il avait des occupations et des intérêts à surveiller : mais le souci de l'éducation de ses enfants dominait toutes ces inquiétudes. On continuait donc à vivre à Paris modestement et paisiblement; les jours de congé étaient des jours de fêtes sans cesse renaissantes, pour les parents aussi bien que pour les enfants.

Minette écrivait fort joliment, et ses disposi-

tions pour le dessin s'accentuaient chaque jour
davantage. Le souvenir de la *Prairie* était toujours
présent au cœur des enfants, on en parlait à tout
propos : les cerisiers devaient être en fleur, et,
quand les cerises seraient mûres, Thomas en
enverrait un beau panier. Minette regrettait de
ne pas voir piquer les salades, tailler la haie et
cueillir les fleurs des tilleuls. La chèvre devait
s'ennuyer de ne plus voir sa petite maîtresse
qui lui donnait autrefois du trèfle chaque matin;
Brunette avait de grandes cornes, mais jamais
elle n'avait songé à s'en servir contre Minette.

Un jour, M. Lucet rencontra au parloir du
collège un camarade qu'il n'avait pas vu depuis
vingt ans; mais les souvenirs de jeunesse ne
vieillissent pas, et, quoique la main du temps
eût semé un peu de neige sur la chevelure de
ces messieurs, ils avaient conservé l'expression
et l'allure de la jeunesse. Ils se jetèrent dans
les bras l'un de l'autre, se félicitant d'une si
heureuse rencontre.

Les questions et les réponses se succédèrent
de part et d'autre : M. Lucet ne rendit la liberté
à son ami qu'après lui avoir fait promettre de
venir déjeuner le lendemain.

« Ma femme, lui dit-il, te connaît sans t'avoir
jamais vu; elle te fera le meilleur accueil du
monde, sois-en sûr. »

Ils devisaient tout en marchant, et, comme
M. Hubert avait à traverser le Luxembourg pour
se rendre chez lui, M. Lucet l'accompagna.

« Que fais-tu, mon ami? demanda M. Hubert.

— Hélas! je n'ai pas d'occupation. Je vais de
bibliothèque en bibliothèque; je promène ma
femme et mes enfants; je donne des leçons d'anglais à ma petite-fille, un bijou d'enfant qui a
des dispositions pour tout.

— C'est absolument comme ma petite fille, dit
M. Hubert en riant.

— Nous sommes assurément dans le vrai,
répondit M. Lucet; je ne vois pas la nécessité
d'être modestes quand nous parlons de nos enfants.

— Tu as raison; mais moi, je vois la nécessité
de doter mes quatre filles, et je vais très probablement partir dans quelques mois pour le pays
où la laine se change en or.

— Tu plaisantes, Hubert?

— Pas du tout. Une société se forme en vue de
cette expédition. — La séparation sera terrible,
mais nous vivons dans un siècle où l'on ne
peut se passer d'argent. Je ne marierai pas mes
filles si je n'ai pas de dot à leur donner. Tu n'as
qu'une fille, toi.

— Oui, une charmante enfant qui tient déjà le
crayon avec une certaine assurance; sa maîtresse

de dessin est persuadée que cette petite aura du talent. »

Au moment de se séparer, M. Hubert dit à son camarade :

« Pense un peu au pays des moutons : tu as trois mois pour te décider et prendre un parti. »

Mes réflexions sont toutes faites, pensait M. Lucet. Je ne quitterai pas ma famille pour l'enrichir. Hubert a toujours aimé les aventures; non, non, je ne quitterai pas ma chère femme et mes enfants, même avec l'assurance de leur rapporter un million. Pauvres chéris! leur vue est indispensable à mon existence. Henri et Auguste se tireront d'affaire, et certainement ma Minette ne *coiffera pas sainte Catherine.*

Cependant M. Lucet raconta à sa femme la rencontre qu'il avait faite, et la prévint que son camarade viendrait déjeuner le lendemain avec deux de ses filles. « C'est le cas de mettre une rallonge, dit-il, et d'élaborer un bon déjeuner, ma chère amie. »

Mme Lucet accueillait toujours avec plaisir les amis de son mari; cependant l'invasion de cet étranger dans son modeste intérieur ne lui souriait pas beaucoup; elle se disposa toutefois à faire bon accueil au camarade de son mari.

Les deux amis reprirent la question des moutons tout en fumant leur cigare, et M. Lucet se

laissa peu à peu amener à l'idée de tenter la fortune en compagnie de M. Hubert. Minette fit les
honneurs de ses joujoux à ses nouvelles amies,
Marthe et Amélie, qui lui demandèrent de dessiner leur portrait.

« Je ne fais encore que le portrait des maisons
et des fleurs », répondit Minette; et, sur le désir
qu'en témoignèrent les petites filles, elle leur
donna quelques dessins, que ces demoiselles
n'hésitèrent pas à déclarer des chefs-d'œuvre;
mais Minette leur dit qu'elle ne ferait de chefs-
d'œuvre que dans deux ans. Les nouvelles amies
avaient quelques années de plus que Minette,
aussi s'amusèrent-elles beaucoup de l'assurance
avec laquelle Minette parlait de son futur talent;
mais la maîtresse prenait cet enfant au sérieux
et la jugeait comme elle se jugeait elle-même.
Tout en jouant, Minette avait recueilli quelques
mots de la conversation des deux amis; et, dès
que M. Hubert fut parti, elle vint se jeter en
pleurant dans les bras de sa mère.

« Pourquoi pleures-tu, ma chérie? lui dit
Mme Lucel.

— Je ne veux pas que papa s'en aille avec ce
Monsieur. »

Le papa prit Minette dans ses bras, et lui
dit :

« Écoute, ma petite chérie, tu es raisonnable

4

quand tu veux l'être. Eh bien, je vais aller dans
un pays où il y a les plus beaux moutons du
monde.

— Alors, papa, emmenez-moi, dit Minette.

— C'est impossible, ma chérie; mais écoute-
moi : la laine de ces moutons-là vaut de l'or; et,
comme nous ne sommes pas riches....

— Nous ne sommes pas riches?... dit Minette
avec un accent de surprise qui fit sourire Mme Lucet.

— Non, nous ne sommes pas riches, et tu es
déjà assez grande pour comprendre qu'un papa
doit travailler pour ses enfants. L'éducation de
tes frères coûte très cher; le prix de la pension
augmente chaque jour, et puis toi, ma Minette,
je veux que tu aies une jolie dot.

— Moi, dit Minette, je ne veux pas me marier,
je resterai à la *Prairie* avec maman, j'apprendrai
tout ce que sait Suzanne. C'est elle qui ira au
marché vendre les volailles et les légumes. Je
vais bien m'appliquer au calcul, et, quand Suzanne reviendra du marché, c'est moi qui comp-
terai ce qu'il y aura dans sa bourse.

« Ce n'est pas tout, papa chéri : on parlait
l'autre jour, à la classe de dessin, d'une demoiselle qui fait de beaux tableaux et qui les vend.
Un Anglais lui en a acheté un très cher, très
cher!... Moi aussi, je vendrai mes dessins très

cher, très cher!... Restez avec nous, mon petit
papa. »

Pour toute réponse. M. Lucet pressa Minette
sur son cœur et couvrit son visage de baisers.

Henri et Auguste avaient les mêmes sentiments
que leur sœur : la pensée de ne plus voir leur
père pendant des années leur causait un véritable chagrin : il ne les appellerait plus au parloir pour venir l'embrasser; ils ne feraient plus
de longues et intéressantes courses avec lui;
« et, disaient-ils, il nous explique si bien le sujet
des tableaux du Louvre et de Versailles! C'est
bien plus agréable d'apprendre ainsi l'histoire
que dans un livre; et puis, quand on a un pen-
sum à faire, ou simplement un devoir, papa
explique si bien les passages difficiles, qu'on
reçoit ensuite des éloges du professeur. »

Les deux frères avaient été élevés dans la simplicité, comme leur petite sœur, et ils ne com-
prenaient pas bien pourquoi leur père tenait tant
à les enrichir.

Oh! comme ils allaient bien travailler pour
consoler leur mère! Ils déposeraient des couronnes à ses pieds; car elle serait bien triste,
cette chère maman! Il faudrait aussi la distraire.

« Ce qui la distraira le mieux, disait Henri, ce
seront nos bonnes notes. Toi, tu veux être militaire, mais moi, je veux être architecte, parce

qu'un monsieur disait l'autre jour à papa que
tous les architectes finissent par se bâtir une
maison.

— C'est une bonne idée que tu as là, Henri;
moi, je battrai les ennemis de la France.

— Mais les ennemis ne viendront pas à Paris
pour se faire battre, tu iras les chercher, alors
nous serons séparés; et, quand nous appren-
drons qu'il y a eu une bataille, nous tremble-
rons pour notre Auguste.

— Que veux-tu!... Mais si je reviens avec des
épaulettes et la croix d'honneur!...

— Sans doute; mais, mon petit frère, tu ne
vois que le beau côté des choses.

— Toi, Henri, tu te crois déjà propriétaire
d'une belle maison; et moi, je me figure qu'un
architecte peut bien recevoir une pierre sur la
tête.

— Auguste, si nous étions grands, papa nous
emmènerait, et nous verrions ces beaux troupeaux dont parle son ami.

— Tu peux y aller, si tu veux, mon frère; moi,
je reste avec maman et Minette; j'irai en vacances
à la *Prairie* et la vue de nos moutons me suffira. »

A partir de ce jour, les deux frères n'eurent
pas d'autre conversation que celle du voyage
qu'ils croyaient que voulait entreprendre leur
père.

Tous les amis de M. Lucet n'approuvaient pas
le parti qu'il voulait prendre; la cousine Bertran
était seule à féliciter son cousin de vouloir aller
chercher fortune.

« Vous avez mille fois raison, mon cousin, lui
disait-elle, il faut aller au-devant de la fortune !
Quel avenir auriez-vous à offrir à vos enfants?
Ils ne peuvent pas *brouter* tous sur la *Prairie*.
Et votre Minette, vous la figurez-vous vieille fille !
Allez, allez, mon cousin, allez chercher de l'or!...
Vous nous raconterez les merveilles que vous
aurez vues. J'espère que je serai là pour assister
à votre triomphe; car, mon cousin, ce sera un
véritable triomphe! Tout Paris parlera de vous;
et je dirigerai votre femme au moment de la
transition importante qui s'opérera dans votre
situation. »

Lorsque M. Lucet eut quitté sa cousine, il se
félicita d'avoir fait preuve d'une grande patience;
et il ne put s'empêcher de compter au nombre
des avantages qu'il trouverait en Australie celui
de n'avoir plus de relations avec une femme
aussi sotte qu'égoïste. Henri, en sa qualité d'aîné,
essaya de persuader à son père de l'emmener.

« On ne s'instruit pas que dans les livres, papa;
et puis, je continuerai mes études sous votre direction. Moi qui aime tant la géographie ! ce sera
une belle occasion de l'apprendre, ou du moins

d'apprendre à connaître cette partie du monde;
et puis, mon petit papa, je vous serai très utile
et à votre ami aussi. »

M. Lucet écoutait son fils avec attendrisse-
ment, et il se demandait si son devoir ne serait
pas plutôt de rester avec sa famille, et de former l'esprit de ses enfants, de les diriger, et de
les éloigner des camarades légers et paresseux.
Un père ne doit-il pas, avant tout, inspirer à ses
enfants l'amour du devoir, plutôt que de leur
acquérir une fortune qui les en éloignera peut-
être.

Toutes ces réflexions, jointes aux larmes silen-
cieuses et aux prières de la mère de famille,
ébranlèrent la résolution de M. Lucet, qui finit
par écrire à son ami qu'il ne quitterait pas sa
femme et ses enfants.

M. Hubert essaya encore de combattre une semblable résolution, mais il ne réussit pas; il partit
donc seul, au grand contentement de toute la famille Lucet, qui fut dédommagée de ses angoisses
et de ses appréhensions par la promesse d'une
agréable surprise à laquelle ils étaient loin de
s'attendre.

Les noms des collégiens ayant constamment
figuré au tableau d'honneur, M. Lucet annonça
à ses fils qu'il les emmènerait passer leurs vacances au Havre.

Mais les singes faisaient sa terreur.

« Et moi, papa? dit Minette d'un petit air suppliant.

— Et toi aussi, ma chérie; et votre mère aussi. »

La perspective d'aller faire connaissance avec la mer enchanta les collégiens; il ne fut plus question de l'Australie. Minette sautait, dansait, elle embrassait son papa et sa maman, et elle se félicitait de voir la mer, mais de ne pas aller *dessus*, car elle avait entendu dire que la mer rend souvent les personnes très malades.

La marée montante, de très mauvaise humeur le jour de leur arrivée, émerveilla Henri et Auguste, et effraya Minette.

« Maman, dit-elle, nous n'irons jamais *dessus*, n'est-ce pas?

— Non, ma chérie, mais peut-être changeras-tu d'idée quand tu seras grande.

— Non, maman, j'aimerai toujours mieux la terre. »

Cet engagement, pris du ton le plus sérieux, fit sourire le père et la mère. Le plaisir que Henri et Auguste eurent à voir bondir les vagues, à visiter les paquebots, ne nuisit pas à celui de faire de belles promenades aux environs; et, quand on s'était pour quelque temps séparé de la mer, on la retrouvait avec enthousiasme.

Tout enchantait les enfants : les oiseaux des

îles, en cage chez les marchands d'oiseaux, faisaient l'admiration de nos petits Parisiens. Minette les félicitait d'avoir un si joli plumage et
les priait en vain de lui chanter un joli air. Mais
les singes faisaient sa terreur. Auguste lui ayant
proposé de lui en acheter un, elle déclara qu'elle
lui ouvrirait la porte de la maison, et qu'elle
était bien sûre que les domestiques l'aideraient,
parce qu'on dit que ces vilaines bêtes-là jouent
de mauvais tours.

Ce petit voyage produisit le plus heureux effet
sur les parents et les enfants. La mère de
famille, n'ayant plus à redouter que son mari
s'exilât, avait retrouvé sa gaieté.

V

Le livre de papa

Pendant l'année qui venait de s'écouler, Minette avait fait des progrès notables dans ses études. Elle devenait raisonnable sans rien perdre pour cela de la grâce de l'enfance. Sa poupée l'occupait toujours, elle lui tenait de longs discours, et ces entretiens avaient d'autant plus de charme pour Minette qu'elle parlait aussi longtemps qu'elle voulait sans être interrompue.

Un jour que Minette et *sa fille* étaient dans un cabinet voisin de la chambre de Mme Lucet, la mère entendit avec intérêt les paroles suivantes :

« Non, non, mon enfant, tu n'auras pas de robe relevée comme celle de notre cousine, ni de pouf comme la poupée de Berthe, ni de chapeau perché sur le sommet de la tête. Les poupées doivent être simples comme leurs petites mamans; tu garderas tes beaux cheveux sur tes épaules, tant que maman me laissera les miens.

« Les poupées que nous voyons au Luxembourg sont très ridicules; je ne veux même pas que tu joues avec elles. Vois comme je suis simplement habillée, et pourtant on me trouve très gentille. »

Il va sans dire que cette conversation fut fidèlement rapportée à M. Lucet, qui, lui aussi, en fut émerveillé.

A l'exemple de ses frères, Minette effaçait sur son petit almanach chaque jour écoulé, qui les rapprochait des grandes vacances. « Comme nous nous amuserons! Je courrai pour grandir bien vite, et aider ma bonne! Alors maman ne se fatiguera plus; c'est moi qui commanderai le déjeuner et le dîner; il y aura souvent des petits pâtés, parce que mes frères les aiment beaucoup et que je les aime aussi. »

« Papa, dit Minette un beau jour, il me vient une idée....

— Vraiment!

— Oui, vous allez voir : puisque ce joli livre que vous m'avez donné pour mes étrennes a été fait par un monsieur, pourquoi ne feriez-vous pas aussi, vous, un livre que vous vendriez bien cher, bien cher ; et après celui-là vous en feriez un autre ; et puis toujours comme ça, puisque vous avez beaucoup d'esprit.

— Mais vraiment tu as des idées merveilleuses, ma Minette ; nous verrons !...

— Ah ! papa, vous avez encore dit jeudi qu'il ne faut jamais remettre au lendemain.

— Cependant, ma Minette, il faut réfléchir avant d'écrire un livre. Je te promets de réfléchir.

— Mais, papa, vous savez bien que M. Alphonse a dit l'autre jour à mes frères que pour écrire il fallait trois choses : du papier, une plume et de l'encre.

— Comment, tu te souviens de cela, Minette ?

— Oui, papa, et je suivrai le conseil de M. Alphonse ; il a beaucoup d'esprit, papa, M. Alphonse ?

— Oui, mais s'il n'avait que de l'esprit, il ne serait pas mon meilleur ami.

— Papa, ai-je de l'esprit, moi ?

— Je ne m'inquiète guère de savoir si tu as de l'esprit ou si tu n'en as pas. Il y a des enfants qui ont de l'esprit et qui plus tard ne font et ne disent que des bêtises.

— Papa, est-ce que j'en dis, moi, des bêtises ?

— Très souvent, ma chérie ; mais à ton âge ce n'est pas étonnant. »

La conversation en resta là, parce que Minette avait quelque chose à dire à sa bonne, quelque chose de très pressé.

Cette conversation fut rapportée à Mme Lucet, et les parents s'extasièrent sur l'esprit de leur petite fille.

Nous le savons déjà, M. Lucet avait renoncé au projet de s'expatrier ; cependant il lui arrivait quelquefois de songer à ces troupeaux dont la laine se transforme, pour ainsi dire, en or. Toutes les démarches qu'il avait faites pour trouver un emploi étaient, encore une fois, restées sans résultat.

Un jour qu'il se promenait de long en large au Luxembourg, le conseil de Minette lui revint à l'esprit : « Cette enfant a peut-être raison, pensait-il, j'ai été un brillant rhétoricien, un grand prix du Concours.... Mais il ne s'agit pas de faire de discours! Si je songeais à écrire un livre pour les enfants, et je n'y songe guère, ma Minette m'inspirerait. »

Rentré chez lui, M. Lucet tira de l'oubli une foule de cahiers couverts de poussière, il les secoua et lut le titre de chacun d'eux. Il lui arrivait parfois de sourire, et ce sourire témoignait d'une certaine satisfaction.

Mme Lucet s'étonna de trouver son mari entouré de paperasses.

« Que fais-tu donc là, mon ami? lui dit-elle.

— Je revis dans mes succès passés. Notre Minette m'ayant conseillé de faire des livres, je veux essayer. Que dis-tu de cela, chère amie?

— Je dis que cette petite est bien inspirée, fais un joli livre d'enfants, mon ami, et laisse-moi le soin de tout disposer dans ton cabinet pour que l'inspiration vienne t'y trouver.

— Très bien, mais je te demande instamment de ne pas mettre trop d'ordre dans mes papiers.

— Sois tranquille. »

Quelques jours plus tard, M. Lucet dit à Minette :

« Eh bien, ma chérie, je vais écrire un livre.

— Et ce livre sera pour moi, mon petit papa?

— Pour toi et pour tes frères. Eh bien, tu ne dis rien; à quoi penses-tu donc?

— Papa, je pense que je pourrai peut-être vous donner des idées, puisque ce livre sera pour vos enfants.

— Tu n'auras pas la peine de me donner d'idées : je connais les qualités et les défauts de mes enfants.

— J'ai donc des défauts, papa?

— Certainement, et ce n'est pas extraordinaire : tous les enfants ont des défauts, et, si les parents ne corrigeaient pas leurs enfants, ceux-ci deviendraient plus tard des personnages insupportables, qu'on n'aimerait pas à rencontrer.

— Oh! papa, je ne veux point avoir de défauts, je veux que tout le monde m'aime. Mais vous m'aimerez toujours, ajouta-t-elle en se jetant dans les bras de son père, et maman aussi?

— Assurément, répondit d'une voix émue M. Lucet. Mais il faut travailler à te corriger.

— Papa, puisque j'ai des défauts, pourquoi vos amis disent-ils que je suis gentille, et pourquoi m'embrassent-ils?

— Parce que ces personnes sont indulgentes, et que tu es sage en leur présence.

— Papa, dites-moi tout de suite mes défauts, pour que je me corrige. »

Pour toute réponse, M. Lucet couvrit de baisers les joues de sa petite fille; mais Minette insista :

« Voyons, papa, dites, dites, pour que je me corrige aujourd'hui.

— Oh! ma chérie, répondit le papa en souriant, on ne se corrige pas si vite de ses défauts! Il faut du temps, du courage; et, pour réussir dans cette grande entreprise, l'obéissance et la patience sont nécessaires.

— Mais enfin, papa, dites mes défauts. »

M. Lucet ressemblait un peu à ces orateurs

auxquels la mémoire manque tout à coup, il se taisait. Mais Minette insistait toujours : « Dites, dites, papa ».

« Eh bien, ma petite fille, tu es bavarde, tu parles sans cesse....

— Mais, papa, ça vous amuse; bien souvent vous me dites: « Ma Minette, raconte-moi ce que « tu as vu au Luxembourg, ce qu'on a dit au cours « de dessin »; alors je vous réponds.

— Quand tu réponds à mes questions, tu as raison; mais, quand tu es avec ta bonne, on n'entend que toi. Ta poupée elle-même a toutes tes confidences : d'autant plus qu'elle ne t'interrompt pas. C'est à peine si tes frères peuvent placer un mot les jours de congé. En conviens-tu?

— Mais, papa, j'ai des choses intéressantes à leur dire; tandis que..., qu'est-ce que ça me fait que leurs camarades aient été punis? je ne les connais pas.

— Mais, si l'un d'eux se cassait la jambe, cela te serait-il égal?

— Oh non! parce que je crois qu'il aurait bien du chagrin de ne plus jouer. Après, papa? dit Minette.

— Tu es un peu gourmande.

— Oh! ça, papa, ce n'est pas de ma faute, c'est la faute de Nanette, qui m'appelle pour manger le gratin de la bouillie, pour goûter à la crème ; une fois elle m'a dit que je lui étais très utile pour goûter les sauces ; et, quand elle fait les confitures, elle me permet de picoter par-ci par-là.

— Je gronderai Nanette.

— Oh ! papa, ne la grondez pas, elle m'aime tant ! Je n'irai presque plus à la cuisine.

— Allons, j'ai confiance en toi. Je ne veux pas te dire un mot de la paresse, qui est un défaut affreux.

— Mais, papa, je ne suis jamais longtemps assise, excepté quand j'écris ou que je dessine. Oh ! le dessin, c'est *mon fort*, comme dit ma bonne.

— Je suis enchanté que tu aies des dispositions pour le dessin ; mais si tu ne savais que dessiner, j'aurais beaucoup de chagrin.

— Oh ! papa chéri, je vous promets de savoir tout. »

Effrayé de cette promesse, M. Lucet rendit la liberté à sa petite fille, mais non sans avoir couvert de baisers les joues de Minette.

Cette conversation avait convaincu le père qu'il devait désormais s'observer avec cette enfant ; mais Minette lui demandait chaque jour combien il avait fait de pages de son livre, et la réponse ne la satisfaisait pas toujours. Une fois qu'ils étaient ensemble au Luxembourg, auprès d'un autre papa qui, lui aussi, avait une petite fille, Minette dit :

« Papa, avez-vous entendu cette dame qui a dit en regardant cette petite qui joue au volant: « Oh! « la jolie petite fille! »

— Non, je n'ai pas entendu.

— Papa, suis-je jolie, moi?

— Les parents trouvent toujours leurs enfants jolis.

— Ah! mais pourtant, quand ils sont laids, tout à fait laids, ils ne peuvent pas les trouver jolis. Hermance qui a un gros nez et de petits yeux, et une grande bouche, ses parents ne peuvent pas la trouver jolie.

— Non, mais ils s'en inquiètent peu, parce que Hermance a des qualités précieuses : elle est douce, obéissante, pas curieuse, et enfin elle aime l'étude; on peut espérer qu'elle sera une jeune fille instruite, capable d'être utile aux autres. »

Après - .i instant de silence, Minette dit :

« Mais enfin, papa, suis-je jolie?

— Ne te souviens-tu pas de la fable que tu nous as récitée le jour de l'an dernier? Ce hibou qui avait tant vanté ses petits à l'aigle, que celui-ci, ayant trouvé sur son passage un nid habité par des petits monstres, crut ne pas manquer à la promesse qu'il avait faite de ne jamais toucher aux petits du hibou, en pénétrant dans ce nid pour croquer les petits monstres. »

Minette ne dit plus rien, mais à partir de ce jour elle ne s'inquiéta plus de savoir si elle était jolie; cependant tout porte à croire qu'elle en était bien convaincue.

Il faut le lui pardonner, car c'était vrai; et comment l'aurait-elle ignoré? il y a tant de gens qui, sous prétexte de flatter les parents, oublient le respect qu'ils doivent à la candeur de l'enfant.

La cousine en avait décidément pris son parti : il n'y avait rien à faire de ces provinciaux, et, comme elle avait recouvré un à-peu-près de santé, elle allait dans le monde, où elle faisait d'ailleurs assez triste figure; malgré cela, les gens avaient l'effronterie de la féliciter de sa bonne mine; et, en dépit de sa faiblesse, Mme Bertran croyait aux paroles flatteuses qu'on lui adressait.

Cependant, la famille Lucet ne voulait pas rompre entièrement avec la cousine; et d'ailleurs la visite du jour de l'an n'était pas sans charmes pour les enfants : Mme Bertran aimait à se montrer généreuse pour ces pauvres petits, comme elle les appelait.

Il faut convenir que le paisible et modeste intérieur de M. et Mme Lucet n'était pas de nature à plaire à une femme mondaine.

La mère de famille était habile à la couture,
et déjà Minette avait une boîte à ouvrage, un dé,
des ciseaux et un étui qui sentait bon. Elle travaillait volontiers à côté de sa mère, continuant
à prêcher la simplicité à sa poupée :

« Songe donc, ma fille, que nous irons bientôt
à la campagne ; quel mauvais exemple tu donnerais aux petites paysannes si tu étais habillée
comme une demoiselle à la mode, si tu avais un
chapeau pointu. »

Cette perspective d'un prochain retour à la
campagne enchantait Minette : elle y retrouve-
rait son jardin, que Thomas aurait certainement
soigné en l'absence de sa petite maîtresse, et son
méchant sansonnet, qui avait appris à dire : *Minette, apprenez votre leçon*. N'importe, elle serait
bien contente de l'entendre.

Quelques mois plus tard, Minette ayant beaucoup grandi, Mme Lucet rallongeait les robes de sa
fillette, qui était émerveillée du savoir-faire de sa
maman ; elle la pria de lui apprendre tout ce qu'elle
savait, parce que, disait-elle : « Quand vous serez
vieille, c'est moi qui raccommoderai vos affaires.
Papa vous a sans doute dit que je ne me marierai pas ; je resterai avec vous, toujours, toujours.

— Ma chérie, tu ne connais pas les desseins de
la Providence sur toi.

— Maman, je sais que le bon Dieu veut que les enfants aiment bien leurs parents. »

Cette conversation fut interrompue par M. Leduc, qui arrivait à l'heure précise de la leçon. Minette appréciait son maître; cela ne l'empêchait pas de s'amuser beaucoup d'un certain pince-nez qui quittait souvent sa place pour la reprendre aussi souvent.

M. Leduc regrettait d'être une cause de distraction pour son élève; mais il avait inutilement essayé d'adopter les lunettes; d'ailleurs, pensait-il avec raison, quand je mettrais, pour mieux voir, mes lunettes sur mon front, ce serait encore une distraction pour mon élève.

« C'est égal, pensait le maître, je ne donnerais pas cette élève-là pour quatre autres. Quelle charmante enfant! Elle fera autant d'honneur à ma fille qu'à moi-même. »

Les réflexions du maître n'étaient jamais de longue durée, attendu que le silence n'était pas précisément du goût de Minette.

Un jour, Mme Lucet pria M. Leduc d'interrompre sa leçon et de passer chez elle. Le maître fit ses recommandations à son élève; mais par malheur, l'excellent homme ayant oublié sa tabatière, Minette n'eut rien de plus pressé que de l'ouvrir, ce qu'elle fit très adroitement. La tabatière étant ouverte, la petite fille flaira le

tabac, et fit la grimace, ce qui ne l'empêcha pas
de plonger son petit nez dans la tabatière, et
elle respira plus fort qu'elle ne voulait. Elle fut
aussitôt prise d'éternuements, qui l'effrayèrent;
d'épouvante elle laissa aussitôt tomber la tabatière, et appela Nanette, qui, croyant à un accident grave, accourut en toute hâte.

« Qu'est-il donc arrivé, ma chérie? »

Pour toute réponse, Minette montra son nez.
Nanette ne put s'empêcher de sourire, quoiqu'elle fût désolée de voir Minette dans cet état.
Mais, jugeant que le moment de parler morale
n'était pas venu, elle se borna à laver le nez de
l'enfant, à essuyer ses larmes et à la faire mou-
cher jusqu'à ce qu'il ne restât plus trace de
tabac dans ce cher petit nez.

Ceci n'était que le premier acte du drame; la
scène changea lorsque M. Léduc revint auprès de
son élève.

« Qu'est-il arrivé? » demanda-t-il à son tour;
mais, apercevant sa tabatière sur le parquet,
il fut promptement au courant de la situation.

« Ah! mademoiselle Minette, quand vous vou-
drez prendre une prise de tabac, il faudra me le
dire.

— Jamais! jamais! monsieur.

— Mais il y a des dames qui prisent, elles ont

de jolies tabatières. J'en ai une toute petite, si vous voulez....

— Oui, monsieur, donnez-moi cette jolie petite tabatière, mais remplie de pastilles à l'orange. »

Le maître se le tint pour dit, et le jour suivant il apporta une grande boîte de pastilles à l'orange.

Minette demanda le secret sur son aventure, et le secret fut gardé.

Cette année-là, le printemps fut précoce, et il ne fallut rien moins que la vue des marronniers en fleur pour consoler Minette de n'être pas encore à la campagne; mais, à mesure que le moment de quitter Paris approchait, l'enthousiasme de Minette diminuait : la bonne petite sœur s'attristait à la pensée de quitter ses frères. Bien certainement, elle ne s'amuserait pas sans eux.

Minette demanda à M. Leduc de lui apprendre à plier une lettre, à la cacheter et à bien mettre l'adresse, car elle ne pourrait se consoler de l'absence de Henri et d'Auguste qu'en leur écrivant souvent, très souvent.

La bonne petite fille avait une bourse qui était remplie de jolies pièces blanches; ces pièces avaient la valeur de l'or aux yeux de Minette, car chacune d'elles était un témoignage de son application.

Un jour qu'elle alla faire une commission

Elle fut aussitôt prise d'éternuements.

avec sa bonne, elle prit sa bourse et entra chez
un marchand de papier, où elle acheta plusieurs
jolis cahiers d'un certain papier à lettres orné de
sujets divers.

Si elle l'avait osé, elle eût conseillé à ses frères
de s'approvisionner, eux aussi, de ce joli papier;
mais la délicatesse s'y opposait. Que serait devenue
la surprise qu'elle leur ménageait? Henri et Auguste n'ignoraient rien de ce qui se passait; mais
les bons petits frères respectaient le secret de leur
chère petite sœur. La chose était d'autant plus
méritoire que Mlle Minette prenait parfois un
petit air mystérieux fort provocant; mais les
petits garçons tinrent bon, ils se contentèrent de
rire entre eux de l'illusion de leur Minette chérie.

A la campagne

VI

Le temps, qui apporte trop souvent des préoc-
cupations, et quelquefois, hélas! des malheurs,
n'apportait pour le moment que de douces espérances à Minette et à ses frères. Mme Lucet
faisait, avec le calme qu'elle mettait à toutes
choses, les préparatifs du départ pour la *Prairie*.
Nanette n'avait pas la même manière de procé-
der : elle se levait au point du jour, et avan-
çait la besogne, sous prétexte de ménager les
forces de sa maîtresse; mais Mme Lucet savait à

quoi s'en tenir, la vieille bonne était Angevine,
et il lui tardait de revoir son pays, où tout était
parfait, à l'en croire.

Henri et Auguste n'étaient pas moins impatients; mais déjà ils se considéraient comme
des hommes, et ils voulaient faire preuve de
raison en restant au collège sans se plaindre.
Minette s'étonnait de cette belle contenance,
et leur demandait s'ils n'auraient pas de chagrin de rester à Paris pendant qu'elle s'amuserait à la campagne.

« Si, répondit Auguste, nous avons du chagrin, mais nous sommes des hommes; moi qui
serai militaire, je ne veux pas pleurer.

— Est-ce que les militaires ne pleurent jamais, mon frère?

— Oh si! ils pleurent; mais seulement pour
les grands malheurs!

— Si Minette mourait, tu pleurerais, n'est-ce
pas?

— Tais-toi », dit Auguste en serrant sa sœur
dans ses bras.

Mme Lucet, témoin caché de cette scène pathé-
tique, entra, le sourire sur les lèvres, et dit à ses
enfants qu'elle était si satisfaite de leur conduite, qu'elle allait les emmener pour la journée à Saint-Cloud, chez une de ses amies qui
désirait que ses enfants fissent leur connais-

sance. « Car, ajouta-t-elle, mon amie sait que
nos enfants sont sages, et elle espère que vous
serez d'un bon exemple pour eux. Nous irons en
bateau, et mon amie, Mme Lambert, nous ramè-
nera dans sa voiture. »

Cette nouvelle réjouit tous ces bons petits
cœurs, et l'on s'amusa beaucoup. Vint enfin le
jour du départ de Minette et de ses parents pour
la *Prairie*. Les frères et la sœur n'étaient pas
aussi braves qu'ils affectaient de le paraître;
cependant Henri et Auguste prenaient des airs
de philosophes stoïciens. Auguste imagina, pour
mieux entrer dans son rôle, de se faire des mous-
taches avec un bouchon noirci. Minette nomma
sur-le-champ son frère capitaine; il arrivait d'Espagne, où il avait remporté victoires sur victoires, sans avoir reçu une seule blessure! Faut-il
être adroit!... Le capitaine demeura dans son
rôle jusqu'au dîner, et ce fut seulement à l'apparition d'un plat d'œufs à la neige que Minette
permit à son frère de redevenir un simple bourgeois.

Cependant, deux jours plus tard, ces messieurs
avaient les yeux rouges, et un petit sanglot
s'échappa de la poitrine du *Capitaine*. Quant à
Minette, elle pleurait et riait tout à la fois, en
quittant le parloir du collège, où elle ne devait
pas revenir avant la rentrée.

Ce ne fut pas non plus sans émotion que la petite fille dit adieu à Mlle Leduc et à ses compagnes. Elle promit à sa maîtresse de ne pas négliger le dessin, et même elle s'engagea à lui envoyer *des arbres*.

Une fois en route, Minette ne songea plus qu'au bonheur d'arriver à la *Prairie*, où elle allait retrouver des amis, voir des moutons, dénicher des œufs avec Suzon, et faire des pelotes de coucous pour jouer à la balle avec la petite Catherine. Elle nommait chaque village par son nom, et la vue des arbres en fleur la ravissait.

« Quel bonheur! père chéri, disait-elle de temps en temps, que vous ne soyez pas allé dans le pays des *bêtes*. Au lieu de cela, vous allez faire un joli livre pour toutes les Minettes qui savent lire. »

L'arrivée à la *Prairie* justifia pleinement les espérances de Minette : les serviteurs attendaient leurs maîtres à la grille, et la physionomie de ces braves gens exprimait la joie. Cette joie était d'autant plus grande que la velléité qu'avait eue M. Lucet de quitter la France était connue au pays.

Minette était un personnage; chacune de ses amies lui apportait un présent : celle-ci un bouquet, celle-là un chardonneret que la compagnie n'effrayait pas, car il chantait comme s'il obéissait à celui qui l'avait fait captif pour saluer l'arrivée de la petite demoiselle.

Dès que Minette eut pris possession de sa petite chambre, elle déballa son joli papier et écrivit à ses frères. Cette lettre fit l'admiration de ses parents, car la rédaction en était vraiment remarquable.

Le temps nécessaire à Mme Lucet pour s'installer chez elle fut un temps de récréation pour Minette : elle courait partout, elle admirait le potager, les fleurs et les arbres; et adressait mille questions au jardinier. Lorsque l'ordre fut établi dans la maison, Mme Lucet fit quelques visites de voisinage. Avec quelle satisfaction Minette entendait les amies de sa mère s'étonner de sa rapide croissance. Le jour où elle quitterait la robe courte serait bientôt venu; mais Minette convenait avec elle-même que son pantalon et sa robe courte étaient de circonstance pour courir, pour cueillir des coucous, pour planter et pour arracher.

C'était un vrai plaisir pour les gens du village de voir passer la *demoiselle*, de lui faire la révérence, ce qui la flattait beaucoup.

Lorsque M. Lucet eut visité ses vignes, il reprit la plume avec entrain. Minette travaillait chaque jour deux heures avec sa maman, elle

avait de petits cahiers de devoirs attachés avec
des rubans roses, ce qui était très gai. L'absence
de M. Leduc n'attristait point trop notre petite
fille, car sa mère le remplaçait avec avantage : sa
voix était si douce! sa main si blanche! Et puis,
maman ne prenait pas de tabac, n'avait pas de
lunettes. Mais elle regrettait Mlle Leduc et les
petites amies du cours.

« Maman, dit Minette un jour, puisque je n'ai
plus de modèles, je veux dessiner les arbres et
les maisons. »

Mme Lucet approuva en souriant le projet de
sa fille :

« Très bien, ma chérie : la nature nous offre de
beaux modèles, et, si les hommes s'en inspirent,
les enfants peuvent aussi essayer de les copier. »

Quelques jours plus tard, Mme Lucet et sa petite fille étaient assises sur une terrasse : la mère
brodait, et Minette dessinait. Mme Lucet était si
habituée à voir dessiner sa petite fille, qu'elle
ne prêtait pas grande attention à ce qu'elle faisait. Sa surprise fut donc grande lorsque Minette
lui présenta son petit album en disant :

« Voyez, maman, ce petit clocher et ces deux
arbres, c'est joli, n'est-ce pas?

— Très joli, ma fillette.

— Quand je serai grande, je ferai de grands

tableaux comme ça : notre maison et toutes celles
du village.

— Oh! ce sera très beau, répondit la mère
avec une négligence calculée, car elle ne voulait
pas exciter l'amour-propre de sa petite fille; mais,
de retour à la maison, elle fit voir à son mari le
dessin de Minette.

— Ne crois-tu pas, dit-elle, que cette enfant
aura du talent?

— Elle en a déjà; laissons-la s'amuser à
crayonner tant qu'elle voudra; plus tard nous
développerons les dispositions dont elle est
douée. »

A partir de ce jour, le crayon devint le jeu
favori de Minette; elle en avait toujours un dans
sa poche, elle esquissait les fleurs des champs,
les vieilles barrières et les haies d'aubépine.
M. et Mme Lucet convinrent de ne pas trop admirer les *chefs-d'œuvre* de leur fille en sa présence; mais ils n'étaient pas aussi discrets entre
eux.

« Quelle étonnante enfant! Mlle Leduc dit
qu'elle n'a jamais rencontré de semblables dispositions chez aucune de ses élèves. Laisserons-
nous notre fille s'adonner exclusivement à cet art?

— Et pourquoi pas, chère amie? Les arts ho-
norent ceux qui les cultivent, quand ils ont un
vrai talent, bien entendu. »

La paix régnait à la *Prairie*, chacun y avait ses occupations : M. Lucet ne quittait la plume que pour la reprendre presque aussitôt.

La maîtresse de la maison trouvait chaque jour de nouvelles occupations ; Minette faisait exactement ses devoirs auprès de sa maman, puis elle s'échappait dès que l'heure de la récréation avait sonné.

« Que cette vie paisible me plaît, disait Mme Lucet à son mari : pas d'exigences de toilette, pas de temps perdu en courses et en visites.

— Pas de cousine, dit M. Lucet.

— J'y songeais, mais je n'avais pas osé le dire.

— Eh bien! moi, je n'y songeais pas, et je l'ai dit.

— Si nos garçons étaient ici!

— Ils y viendront, patience! En attendant, ma chère amie, nous ne pouvons pas vivre comme des sauvages.

— Des sauvages! mais nous ne mangeons personne, loin de là, nous donnons du pain à ceux qui nous en demandent. »

La conversation fut interrompue par Minette qui entrait triomphante parce qu'elle avait achevé ses devoirs; mais sa bonne l'appela aussitôt pour distribuer le pain aux pauvres; son bon petit cœur était content lorsqu'il y en avait

beaucoup. La présence de l'enfant ajoutait je
ne sais quel charme aux bienfaits des parents.
Ce sourire, cette petite main doublaient le prix de
l'aumône. Il arrivait parfois qu'un vieillard bai-
sait cette menotte, comme le bonhomme appelait
cette petite main.

« Maman, demandait Minette, pourquoi ne
donnons-nous pas du pain aux pauvres tous les
jours?

— Parce que nous ne sommes pas assez
riches, ma fille.

— Quel malheur! Maman, la petite Louison
a une robe toute déchirée. Il faut lui en faire
une autre, j'y travaillerai, elle sera bien vite
faite.

— Certainement », répondit la mère, et, le jour
même, la charitable femme taillait une robe pour
Louison.

Minette tenait mieux le crayon que l'aiguille; mais sa mère lui laissait ses illusions,
ne doutant pas que le bon cœur de sa petite
fille ne fût un maître capable de hâter ses progrès.

C'était un tableau charmant que cette Minette
assise sur sa petite chaise à côté de sa mère,
s'appliquant et, malgré cela, bousillant quelquefois. Un gros soupir annonçait à la maman
que son secours était nécessaire. Mme Lucet

ne grondait pas, elle montrait à sa petite fille où était la faute, et le plus souvent elle la réparait.

On était vraiment heureux à la Prairie, non seulement la famille Lucet, mais aussi tous ceux qui l'entouraient.

M. Lucet se félicitait chaque jour davantage du parti qu'il avait pris. Il ne comprenait plus qu'il eût pu concevoir la pensée de quitter sa famille pour aller tondre des moutons, comme disaient Henri et Auguste. Son manuscrit avait été accepté par l'un de nos plus célèbres éditeurs.

Le crayon d'un habile artiste le ferait valoir. Le premier exemplaire serait, bien entendu, pour Minette. N'était-ce pas elle qui avait conseillé à son papa de faire des livres.

La petite sœur tenait ses frères au courant de tout ce qui se passait à la *Prairie;* Auguste, quoique le plus jeune, avait un talent particulier pour déchiffrer les lettres de sa petite sœur; son père et sa mère en concluaient qu'il serait un habile paléographe. C'est comme cela, vous savez, qu'on appelle les personnes habiles à déchiffrer les vieux manuscrits. Mais notre Minette ne lui donna pas lieu de prolonger ses études de paléographie : l'hiver suivant, elle était une des meilleures élèves de M. Leduc, dont la satisfaction se

La présence de l'enfant ajoutait du charme aux bienfaits des parents.

traduisait par une absorption de plus en plus pré-
cipitée de prises de tabac.

Le jour des vacances étant arrivé, M. Lucet
alla chercher ses enfants, qui purent lui offrir
un certain nombre de couronnes et de beaux livres
dorés sur tranches.

Minette aurait voulu dormir jusqu'à l'arrivée
de ses frères, mais, contrairement à son désir, elle
était fort agitée ; elle aida sa bonne à préparer
la chambre des écoliers ; elle se défit en leur
faveur de certains objets qu'ils n'avaient admirés
que pour lui faire plaisir, mais qui alors ac-
quirent un nouveau prix à leurs yeux, car ils re-
présentaient un sacrifice que Minette avait fait
pour eux.

« Ce n'est pas tout, je sais ce que je vais faire,
dit Minette à sa bonne.

— Que vas-tu faire, ma chérie ?

— Tu verras. »

Nanette feignit une grande impatience de savoir
ce qu'allait faire Minette ; et la petite fille, heureuse de se débarrasser de son secret, lui dit :

« Je vais dessiner une diligence à quatre chevaux, et mes frères à la portière. »

Nanette sourit. Minette considéra ce sourire
comme un défi ; et, sans tarder davantage, elle alla
dans sa chambre, où elle exécuta une diligence
de fantaisie. Les chevaux laissaient autant à dési-

rer que la voiture; mais les écoliers, dont la tête
était couronnée, pouvaient à la rigueur repré-
senter les héros qui étaient attendus à la *Prairie*.
Il va sans dire que la maman resta en admiration
devant ce *chef-d'œuvre*.

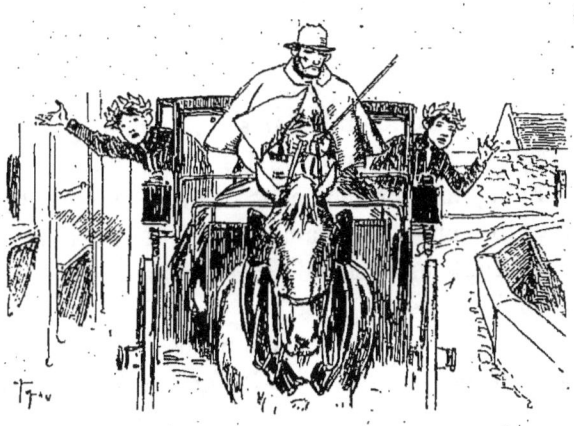

VII

En vacances

Il est cinq heures du matin, toutes les fenêtres de la maison sont ouvertes : maîtres et serviteurs se disposent à recevoir le papa et les écoliers. Nanette a essayé en vain de persuader à Minette que le meilleur moyen d'abréger le temps était de dormir. Minette s'est indignée d'un pareil conseil. « Dormir ! avait-elle dit : pour qui me prends-tu? Habille-moi vite. »

Minette allait et venait, elle entendait la diligence quoiqu'elle fût encore à trois lieues de la

Prairie. Elle donnait l'alerte à la cuisine, où Nanette, fort occupée de son déjeuner, disait :

« Je ne me dérangerai plus, mademoiselle Minette : sans quoi mon flan serait manqué, le plat favori de monsieur Auguste! »

Enfin, un vigoureux coup de fouet fit tressaillir tout le monde. La maman, Minette et les serviteurs sont sur le chemin, car la diligence va s'arrêter à la *Prairie*.

En effet, cinq minutes plus tard, on voit les deux frères montrant par la portière leurs têtes couronnées.

La maman est émue, Minette est folle de joie, elle bat des mains, saute et envoie des baisers à ses frères.

Enfin, nos collégiens sont dans les bras de leur mère; Minette n'attend pas son tour; si elle ne reçoit pas les premiers baisers, elle en donne à tort et à travers, en attendant qu'elle en reçoive.

Tout le monde s'intéresse à cette scène, chacun fait ses réflexions : « Sont-ils gentils! comme ils ont grandi! il faut croire tout de même que l'air de Paris n'est pas si mauvais. »

Henri et Auguste ayant renouvelé connaissance avec tous ces braves gens, la famille rentra à la maison. Minette emmena aussitôt ses frères dans leur chambre, où les attendaient des surprises si modestes que nous ne croyons pas devoir les faire connaître à nos lecteurs. Qu'il leur suffise de savoir que les deux frères remercièrent leur sœur de façon à lui laisser croire que les présents qu'elle leur faisait étaient de grande valeur.

L'heure du déjeuner fut avancée; et, dès que nos écoliers eurent secoué la poussière de leurs vêtements, on se mit à table. Quel appétit avaient nos voyageurs! Nanette restait plantée devant eux, comme si c'était la première fois qu'elle les vît manier le couteau et la fourchette. Une atmosphère de bonheur règne dans la maison, tout le monde est heureux.

Le repas fut long : après avoir écouté leurs enfants, ce fut aux parents à les questionner sur tout ce qui s'était passé au collège. Ayant répondu d'une manière satisfaisante aux questions de ses parents, Auguste dit :

« Notre cousine est très malade, et je crois bien qu'elle ne guérira pas.

— Pourquoi crois-tu qu'elle ne guérira pas, Auguste?

— Parce qu'elle est à Paris; si du moins elle pouvait venir ici! mais elle est trop malade pour voyager.

— Mon cher enfant, notre cousine a un beau château en Touraine, et il lui serait facile de s'y faire transporter.

— Oui, oui, Auguste, dit Minette qui croyait déjà voir la cousine; elle serait mieux dans son beau château que dans notre petite maison.

— Ma Minette, ajouta Mme Lucet, si l'air de notre pays convenait mieux à sa santé?

— Oh! maman, il faudrait l'inviter; mais je suis sûre qu'elle n'accepterait pas. »

Cette affirmation fit sourire tout le monde, car c'était l'expression naïve des sentiments de Minette pour la cousine.

Il ne se passait pas de jour que M. Lucet ne s'applaudît de n'avoir pas quitté sa famille. Qu'avait-il besoin d'être plus riche qu'il ne l'était?

La paresse, cette bête détestable, n'habitait pas sous son toit. Tout lui faisait espérer que ses fils choisiraient une carrière honorable; et cette Minette, aurait-il pu vivre sans la voir!

Henri et Auguste n'attendirent pas d'en être priés pour commencer leurs devoirs de vacances; mais nous sommes obligé d'avouer au lecteur que leur zèle avait pour but de s'en débarrasser.

En général, ils commençaient la journée par accomplir la tâche que leur indiquait leur père, et ils faisaient ensuite de belles promenades avec lui.

Mme Lucet et Minette étaient quelquefois de la partie, mais alors *Bibi*, un jeune et joli âne,

Bibi les accompagnait pour porter Mlle Minette.

les accompagnait pour porter Mlle Minette, honneur auquel Auguste prétendait qu'il était fort sensible, car il trottait gentiment et n'avait pas de fantaisies, comme les ânes en ont si souvent.

Un vieux colonel habitait la *Pointe*, modeste propriété ainsi nommée parce qu'elle était située à la pointe de la Maine et de la Loire. De tous les voisins il n'y en avait pas qu'on préférât à ce vieux colonel, car nulle part la famille n'était aussi bien reçue que chez lui. D'abord Mlle Flore, qui servait le colonel depuis trente ans, était enchantée de recevoir de *la compagnie*; elle prétendait que la présence des enfants la rajeunissait. La bonne fille mettait tout en l'air, selon son expression, pour leur être agréable. Elle n'ignorait pas que la galette est le mets favori de tous les collégiens, et, à l'en croire, elle aurait pu défier tous les pâtissiers d'Angers. Ce n'est pas tout : le colonel, qui avait fait la guerre et avait été prisonnier, racontait des histoires qui ravissaient les garçons et faisaient trembler Minette.

Aux histoires du bon colonel s'ajoutait le plaisir de la pêche. Tout le monde était de la partie, et ce n'était pas par complaisance que le colonel tenait une ligne, il y trouvait son plaisir. Quant à Minette, sa ligne constamment agitée avertissait le poisson du danger qu'il courait, et la pauvre Minette se fâchait contre les poissons, qui

7

n'avaient pas la politesse de se laisser prendre.

Mais enfin il arriva qu'un goujon étourdi s'ac-
cocha, Dieu sait pourquoi et comment, à l'hameçon de la petite fille; seulement, à sa grande
surprise, il se trouva perché dans un arbre, car
Minette, sentant qu'il avait mordu à l'hameçon,
avait lancé à toute volée sa ligne, qui s'était prise
dans les branches d'un saule.

Cet incident égaya si bien la compagnie des
pêcheurs, que les poissons, dûment avertis, prirent le large et se mirent en lieu de sûreté.

Minette rapporta son goujon en triomphe. Flore
déclara que c'était le plus beau poisson de la
pêche, et qu'elle le ferait frire à part et le ser-
virait dans un petit plat fleuri qui figurait au
dressoir comme ornement.

Minette rougit de plaisir en voyant sur la table
le fruit de son adresse et de son industrie.

La journée qu'on passait à la *Pointe* était toujours trop courte, mais on la prolongea le jour
de la Saint-Jean parce qu'il devait y avoir un feu
de joie.

Le retour à la *Prairie* ne fut pas silencieux, tout
le monde parlait à la fois. Ce vieux colonel était
vraiment la coqueluche des enfants; ils ne lui trouvaient qu'un défaut: celui de ne jamais venir à
la *Prairie*, de ne pas sortir de son jardin, que
personne n'osait critiquer, car il était permis d'y

cueillir des fleurs, et même d'y picorer des fraises
et des framboises.

Minette, qui continuait à dessiner, poussa l'au-
dace, un jour, jusqu'à faire le portrait de son
âne. Le trouvant réussi à son gré, elle l'envoya à
Mlle Leduc, qui eut peine à croire que sa petite
élève en fût l'auteur.

« Cette petite fille a positivement des diposi-
tions extraordinaires », pensait Mlle Leduc, et
dans sa modestie elle se dit que la gloire de
l'avoir formée ne lui reviendrait pas. Par scrupule
de conscience elle conseillerait à M. et à Mme Lucet, lorsque Minette aurait quelques années de
plus, de la confier à un maître plus capable qu'elle
de développer les heureuses dispositions de la
jeune fille.

Cette pensée généreuse avait son amertume,
elle arrachait des larmes à Mlle Leduc; car, se
disait-elle, cette Minette l'aurait placée, elle, au
premier rang parmi les bons maîtres de la capitale; mais, coûte que coûte, Mlle Leduc obéirait
à sa conscience.

La journée qu'on avait passée chez le colonel
fournit matière à conversation pendant plus d'un
jour. Auguste disait :

« Je serai peut-être un vieux colonel comme ça !

« Oh! alors, disait Minette, si tu ne te maries
pas, je resterai avec toi, nous habiterons toujours

la campagne; si le colonel est mort dans ce temps-là, nous achèterons sa maison, nous aurons des fleurs et des fruits et nous pêcherons à la ligne : nous serons joliment heureux, va! »

Ces projets étaient soumis aux parents; M. Lucet s'en égayait, mais la mère souriait tristement; quand on n'a qu'une fortune très modeste, il est permis de s'inquiéter un peu de l'avenir de ses enfants; Mme Lucet s'inquiétait surtout de celui de Minette.

A l'occasion du mariage d'une jeune châtelaine du voisinage, le mot de dot ayant été prononcé, Minette demanda ce que c'était, qu'*une dot*. Mme Lucet répondit en quelques mots à cette question, mais les réflexions des enfants ne permirent pas d'en rester là. Mme Lucet ajouta, en embrassant Minette :

« Ma chérie, ta dot sera bien peu de chose en comparaison de celle de Mlle Dumont.

— Ça ne fait rien, maman, puisque je ne me marierai pas. »

L'air sérieux avec lequel Minette se voua au célibat fit rire ses frères.

« Allons donc, dirent-ils, tu es trop petite pour savoir ce que tu feras. Et puis, il faut que tu saches une chose : c'était un secret, mais enfin je vais te le dire. N'est-ce pas, Henri?

— Oui, dis-le.

— Eh bien, reprit Auguste, Henri et moi nous avons décidé que nous te donnerons notre part d'argent. Moi, j'aurai ma solde, et Henri, qui sera architecte, car, lui aussi, mademoiselle, il dessine joliment bien, se bâtira une maison.

— Et puis, dit Minette, tu te marieras, car je veux avoir une belle-sœur. »

La conversation fut interrompue par Nanette qui vint dire qu'elle ne répondait plus des crêpes si l'on tardait davantage.

M. et Mme Lucet s'intéressaient vivement aux conversations des deux frères et de la sœur, car le cœur et l'intelligence de ces bons enfants s'y retrouvaient tout entiers.

Nanette essaya de se fâcher parce qu'on avait fait attendre ses crêpes, mais, lorsque Minette l'embrassa en lui disant : « Ma Nanette, je te raconterai ce que nous disions », la bonne fille reprit sa sérénité.

Le temps, quand on est en vacances, passe positivement plus vite que lorsqu'on est entre les quatre murs d'un collège; et, bien que nos écoliers fussent des écoliers raisonnables, ils eussent peut-être vu arriver le jour de la rentrée avec regret; mais, leur père ne leur ayant pas laissé ignorer qu'ils trouveraient à leur arrivée à Paris le livre dont il était l'auteur, l'impatience de voir cet ouvrage ne laissa pas de place aux regrets.

Cependant on ne quitta pas le colonel sans chagrin, on s'était si bien amusé chez lui; les histoires qu'il racontait ressemblaient si peu aux autres histoires; Auguste surtout, qui déjà ne rêvait que batailles, prenait un intérêt tout particulier à l'entendre. Minette goûtait moins ces histoires-là, elle ne voulait pas que son frère fût prisonnier; et, lorsque Auguste lui disait que cela pouvait lui arriver comme aux autres militaires, la pauvre petite pleurait; alors Auguste lui promettait de ne pas se laisser prendre par l'ennemi.

Ce que regrettait surtout Minette, c'étaient les belles glaces de la salle à manger, dans lesquelles se reflétaient les bateaux qui montaient et descendaient la Loire.

Bon gré mal gré on reprit donc la diligence; mais, après tout, personne ne songea à se plaindre de la longueur de la route; c'est amusant de voyager, et puis encore, M. Lucet abrégeait la longueur du voyage par des récits pleins d'intérêt; il avait, de plus, le don si rare d'écouter complaisamment les autres, et même de les exciter à parler.

Laissons-les donc suivre leur chemin, et arrivons à Paris, où, grâce à la présence de Nanette, tout était à peu près en ordre. Le souper qui attendait nos voyageurs avait par lui-même assez

de mérite pour plaire aux gens, même s'il avait
fallu lui faire honneur au milieu des malles et
des paniers. Les enfants ne perdirent pas de
temps pour ouvrir le livre qui les attendait,
regarder les images, et même lire quelques
pages.

« Quel malheur, dirent les frères, de rentrer
au collège sans avoir eu le temps de lire le livre
de papa.

— Moi, je le lirai, dit Minette, et je vous le
raconterai. »

Notre jeune artiste était impatiente de porter
ses chefs-d'œuvre à Mlle Leduc; elle témoigna
même un si grand désir de rester à la classe, que
sa mère ne s'y opposa pas.

Mlle Leduc ne tarda pas à aller faire part aux
parents de Minette des espérances qu'elle con-
cevait au sujet du talent de sa chère petite élève.

« Il faudra, dit-elle, la mettre bientôt sous la
direction d'un maître plus habile que moi.

— Peut-être suivrons-nous votre conseil, ma
chère demoiselle, mais ce sera plus tard. Vous
avez développé les dispositions de notre fille : il
est bien juste que l'honneur vous en revienne.
Ce sera beaucoup plus tard que nous la mettrons
sous la direction d'un étranger. »

Mlle Leduc était une personne simple, elle
n'insista pas; d'ailleurs elle se sentait capable de

diriger encore longtemps sa chère petite élève.

A partir de ce moment, les études de Minette devinrent plus sérieuses : elles furent dirigées par une institutrice distinguée qui méritait toute la confiance des parents et sut gagner l'affection de son élève. Minette devenait chaque jour plus raisonnable. Nanette était la seule qui ne fût que médiocrement satisfaite de la sagesse de sa *petite fille*. Minette, en effet, ne venait plus voir ce qui se passait à la cuisine, et s'en excusait sur la nécessité de travailler, lorsque Nanette s'en plaignait.

« Que veux-tu, disait gravement Minette à sa bonne, il faut bien que j'apprenne tout ce que les autres demoiselles apprennent; n'es-tu pas contente quand je t'apporte une belle *maison* ou un bel *arbre* ?

— Oh! ça, ma chérie, pour ce qui est de faire des images, c'est autre chose! J'espère bien que tu tireras le *portrait* de *notre* maison de campagne et des beaux tilleuls qui abritent le banc où nous nous asseyons pour écosser les petits pois. Mais, maintenant, tu vas toujours avoir le nez sur les livres. »

En disant ces mots, Nanette essuya ses yeux du revers de sa main.

« Nanette, écoute-moi : Maman est une bonne maîtresse de maison, comme tu dis : eh bien, maman sait tout ce que j'apprends et apprendrai. Es-tu contente?

— Oui, ma mignonne, ça me rassure. Car, si tu ne m'aidais pas pour faire le raisiné, j'en aurais beaucoup de chagrin.

— Sois tranquille : mes frères et moi, nous ne renoncerons pas au raisiné. »

Ces bavardages arrivaient jusqu'à Mme Lucet, qui s'en amusait beaucoup et y trouvait le germe des qualités que toute femme doit posséder.

Le premier jour de congé fut consacré à la lecture du livre de papa. Il y avait beaucoup d'images, comme disait Minette; ces images étaient l'œuvre d'un artiste qui avait beaucoup de talent : dans ce temps-là les artistes les plus célèbres ne dédaignaient pas de reproduire les scènes principales d'un livre dédié aux enfants. Il faut leur en savoir gré, car, en charmant les yeux de l'enfant, ils ajoutent au mérite du récit.

Minette ne perdit pas l'occasion de faire des embarras; elle dit à ses compagnes du cours :

« Papa a écrit un livre pour les enfants, il y a de très jolies images; bien sûr, on vous donnera ce livre pour vos étrennes. » De fait, la petite fille ne se trompait pas. La plupart de ses compagnes lui dirent, le lendemain du jour de l'an :

« Tu avais raison, Minette, on nous a donné le livre de ton papa.

— Oh! dit une petite camarade, que je voudrais que papa, lui aussi, *fasse* de jolis livres.

— Puisque le mien en fait, dit Minette, c'est inutile. »

Cependant Minette, qui continuait à faire des embarras du livre de son papa, ayant épuisé l'intérêt et la curiosité de ses amies, dit à sa bonne :

« Sais-tu comment on fait un livre?

— Je ne m'en doute pas, Minette.

— Eh bien! je vais te le dire : On pense, on cherche des idées. Il y a des personnes qui en ont beaucoup, d'autres qui n'en ont guère, et quelques-unes pas du tout. Mais ceux qui en ont, même beaucoup, se donnent toujours de la peine. Moi, j'ai vu papa se tenir la tête pour faire sortir les idées; puis il se lève, il marche, il se rassoit, ensuite il fume un cigare et se met à la fenêtre; enfin il jette son cigare, et se remet à son bureau, et il écrit vite, vite; quelquefois il sourit.

— Ferez-vous des livres, Minette, quand vous serez grande?

— Non, il faut rester trop longtemps assise.

— C'est dommage, mon cœur, je vous aurais donné des idées, surtout sur les petites filles et les petits garçons.

— Eh bien, garde les idées, ma bonne : moi, j'aime mieux faire le *portrait* des arbres et des fleurs. »

Minette avait raison : ses dispositions s'accusaient chaque jour davantage en ce sens; et quelques années plus tard Mlle Leduc confiait sa chère élève au maître qui l'avait dirigée elle-même.

Laissons Minette faire son éducation sous le regard de sa mère, laissons Henri et Auguste achever leurs classes, être couronnés au grand Concours, et allons retrouver la famille Lucel en Anjou.

VIII

La guerre

Minette a seize ans, elle est jolie; sa chevelure blonde fait une gracieuse parure à son visage; sa taille est souple; toute sa personne respire une certaine grâce dénuée de toute prétention. Ses parents, il faut bien l'avouer, quoique à regret, sont *idolâtres* d'elle, et ses frères partagent cette admiration. Croyant tous contribuer à son bonheur, ils se trompent, car ils s'exposent à compromettre les aimables qualités de Minette. Mais la charmante enfant conserve sa simplicité au

milieu des éloges qu'on lui prodigue. Ses succès
en peinture sont incontestables, et, quoique
son père et sa mère ne soient point désireux de
voir un tableau de leur fille exposé au Salon, ils
sont forcés de se soumettre aux exigences du
maître. Tous les amis félicitèrent les heureux
parents; la cousine Bertran elle-même ajouta ses
éloges à ceux de tout le monde; elle approuva
son cousin d'avoir donné à sa fille un talent qui
suppléerait au manque de fortune « et, ajouta
Mme Lucet, une occupation qui ne l'obligera pas
à sortir de chez elle pour trouver des distractions.

— Sans doute, répondit la cousine, mais la
fortune peut tenir lieu de talent.

— Oui, tant qu'elle est fidèle, et que nous nous
portons bien. »

La conversation en resta là.

Malgré tout l'attrait de Minette pour l'art,
elle tint absolument à acquérir le savoir-faire
que possédait sa mère comme maîtresse de
maison. Elle apprit à faire les confitures sous
la direction de sa bonne, et s'initia peu à peu
aux secrets du ménage. Mais ce n'était pas
assez pour notre Minette : puisque sa mère était
si habile en couture, elle voulut aussi avoir
assez de talent pour être utile aux autres et
à elle-même; et elle devint fort adroite à

manier l'aiguille aussi bien que le pinceau.

Henri et Auguste ont marché sur les traces de leur Minette chérie : ce sont de charmants jeunes gens, qui donnent les plus brillantes espérances. Henri travaille à devenir un bon architecte, et Auguste est à Saint-Cyr, où il est apprécié de ses supérieurs et aimé de ses camarades. Deux années s'écoulent ainsi laborieusement, à la satisfaction des parents et au contentement des enfants.

Auguste est sorti le troisième de l'école, et il a choisi un régiment de chasseurs.

Mais quel est ce beau cavalier qui galope sur la route?... C'est lui, c'est Auguste! Il vient surprendre ses parents, et passer à la *Prairie* les trois mois de vacances qui lui sont accordés avant de rejoindre son régiment. Il est accueilli à bras ouverts, Minette seule est sérieuse, et lorsqu'il la serre dans ses bras, il sent son visage mouillé de larmes.

« Tu pleures, Minette, n'es-tu pas contente de me voir?

— Si, mon frère; mais je sais qu'on se tue à la guerre.

— Nous sommes en paix, ma petite sœur; et puis oublies-tu que nous avons souvent rencontré de vieux officiers à moustache grise? Ils ont fait la guerre et se promènent maintenant la

canne à la main comme de bons bourgeois : témoin notre cher colonel de la *Pointe*! As-tu oublié tout ce qu'il nous a conté! Eh bien, il plante
ses choux et cultive ses fleurs maintenant, dans
son beau jardin. J'en conclus qu'il n'a pas été
tué à la guerre.

— C'est vrai; mais c'est égal, cela ne me rassure pas.

— Allons, allons, Minette, la sœur d'un militaire doit être brave.

— Mon frère, je tâcherai; mais je ne crois pas
que je réussisse. Oh! la guerre, la guerre!... »

Ce grave entretien se termina par une jolie
promenade; et dès le lendemain Auguste allait
saluer le vieux colonel, qui le félicita chaleureu-
sement. M. et Mme Lucet étaient fiers de leur fils;
et, quand il partait sur *Hirondelle,* accompa-
gnant sa sœur qui montait une paisible jument,
ils se mettaient à la fenêtre pour les admirer.
Minette devint ainsi une vaillante amazone; et
c'était vraiment charmant de voir le frère et la
sœur galopant sur une belle route. Le paysan
le plus acharné à sa tâche s'appuyait sur sa
bêche pour les regarder passer : tous en faisaient autant. Nanette seule ne partageait pas
le sentiment général. Quand Minette venait en
amazone, la cravache à la main, et son petit
chapeau sur la tête, pour se faire admirer,

bien entendu, Nanette lui disait : « Tu es
cent fois plus jolie dans ton petit bonnet
de nuit : ces airs de garçon ne me plaisent
guère. »

D'heureuses années se sont écoulées sans
incident. Auguste est en garnison à Blois. Henri
est un architecte distingué; Minette a vingt ans;
on l'a demandée en mariage, mais la demande,
quoique très honorable, n'a pas été agréée. La
jeune fille ne donne aucune bonne raison de
son refus, mais elle s'absorbe chaque jour davantage dans sa peinture et parle de voyager avec
son frère Henri pour s'inspirer des chefs-d'œuvre
et des paysages de l'Italie.

Les parents approuvèrent le projet de leur fille.
Que pouvaient-ils refuser à cette enfant bien-
aimée? d'ailleurs ce voyage n'était-il pas indispensable à la jeune artiste? On se gênerait un
peu pour lui procurer cette satisfaction. Mais
Minette s'attendrit et s'effraya, car elle ne pouvait douter qu'une semblable séparation n'amenât
la tristesse au foyer paternel; et sa mère,... comment supporterait-elle l'absence d'une fille aussi
dévouée? Dans son anxiété, Minette se confia à
une amie d'un certain âge qui avait renoncé au
mariage pour se consacrer à ses parents. Elle
s'appelait Mélanie. Elle était l'aînée de quatre
frères et sœurs, tous bien établis; mais elle

n'avait jamais voulu quitter sa mère infirme, qui
ne pouvait sortir sans l'appui du bras de sa
fille.

Minette aimait certainement beaucoup Mlle Mélanie, mais peut-être n'eût-elle jamais songé à
suivre son exemple, si la faiblesse croissante
de Mme Lucet ne lui eût rendues absolument
impossibles ses occupations de maîtresse de
maison.

Minette se préoccupait chaque jour davantage
de l'état de sa mère; et, un jour qu'elle était allée
avec Henri régler quelques comptes avec le fermier, son frère lui dit :

« Tu es triste, Minette, pourquoi refuses-tu
tous les mariages qu'on te propose?

— Tu ne l'as pas encore deviné?

— Non, vraiment.

— Eh bien, mon frère, par la raison que, si
je me mariais, je ne serais plus toute à mes parents. Ne remarques-tu pas que depuis un an les
forces de notre mère diminuent? Sa santé est me-
nacée, il est possible que dans quelques années,
ou même prochainement, cette chère santé soit
complètement altérée. Crois-tu qu'une étrangère,
si bonne, si capable qu'elle soit, puisse remplacer Minette?

— Oh non! personne au monde! s'écria
Henri, en serrant sa sœur dans ses bras.

« Tu es cent fois plus jolie dans ton petit bonnet de nuit. »

— Tandis que ce monsieur que j'aurais épousé se passera très bien de moi.

— Mais, Minette, mon père et ma mère désirent que tu te maries.

— Sans doute; mais ils n'auront pas la douleur de me voir les quitter. Te souviens-tu dans quel état était Mme Léopold lorsque Nathalie s'est mariée? C'est ainsi que toutes les mères pleurent au mariage de leurs filles; c'est tout simple : elles les ont aimées les premières.

— Oui, ma sœur; mais ton refus afflige nos parents, ils en ont beaucoup de chagrin.

— Mon ami, je les consolerai. Mais toi, réjouis-les en te mariant; oui, marie-toi. J'aime déjà ma future belle-sœur. »

Ils n'en dirent pas davantage : les comptes du fermier furent réglés, et, après avoir visité quelques voisins, le colonel en tête, Henri et sa sœur rentrèrent chez leurs parents, qui commençaient à trouver bien longue l'absence de leurs enfants.

De retour à la maison, Minette se mit au travail : c'était une manière de réfléchir à la conversation qu'elle venait d'avoir avec son frère.

Mme Lucet essayait en vain de diminuer la tâche que sa fille s'imposait chaque jour. Ces tentatives avaient pour unique résultat de donner

de l'humeur à Mlle Minette. La mauvaise humeur n'embellit personne, et, si Minette eût alors
demandé à son père si elle était jolie, la réponse
ne l'eût pas satisfaite.

La santé de la jeune fille étant excellente, ses
parents finirent par la laisser libre d'employer
son temps comme bon lui semblerait. Minette
reprit alors sa bonne humeur, et sa gaieté se communiqua à tout son entourage.

M. Lucet n'enviait plus les trésors de l'Australie; il put bientôt se convaincre qu'il avait choisi
la bonne part.

M. Hubert venait de rentrer en France; c'était
un vieillard; il avait beaucoup souffert du climat, et ce fut en vain qu'il essaya de recouvrer
ses forces. Il s'établit dans l'un des plus beaux
quartiers de Paris, maria sa fille à un riche
banquier et s'entoura d'une société nouvelle,
mais il ne trouvait que dans la famille ce qu'il
avait sacrifié à la fortune : l'affection et le
repos.

Que de fois il arrivait à l'improviste s'asseoir
à la table de ses amis! qu'il les trouvait heureux!
Il goûtait au milieu d'eux des moments de satisfaction réelle et faisait presque tous les frais de
la conversation.

Les récits merveilleux de M. Hubert intéressaient les jeunes gens, mais ne les séduisaient

nullement. « Moi, disait Auguste, j'aime mieux
mon épée que son or, — et moi, ajoutait Henri,
j'aime mieux bâtir des maisons dans mon
pays. »

Quelques mois plus tard, le régiment d'Auguste
était appelé en Afrique.

Il y eut des larmes, beaucoup de larmes dans
la famille ; Minette n'était plus si fière d'être la
sœur d'un bel officier ; toutefois elle fit preuve
d'un grand courage ; et Nanette, ne voyant point
de larmes dans ses yeux, lui dit presque d'un
ton de reproche :

« Tu ne pleures pas, toi, Minette?

— Oh ! ma bonne, je pleure en dedans; je ne
veux pas que maman voie mes larmes. »

Les premiers courriers avaient apporté de
bonnes nouvelles, et la famille reprenait confiance, lorsque, un beau matin, on apprit qu'un
engagement avait eu lieu; cette nouvelle jeta
l'alarme dans toutes les familles, car, quelle
que fût la confiance générale dans l'ardeur de
nos soldats, dans le savoir de ceux qui les com-
mandaient, personne n'ignore qu'il n'y a point
de bataille sans victimes.

« Oh! dit Minette, comme j'avais raison de
m'inquiéter quand Auguste est parti! C'est affreux, la guerre!

— Mais, Minette, tu aimes tant les officiers :

s'il n'y avait pas de guerre, il n'y aurait pas
d'officiers !

— Tu n'en sais rien; laisse-moi tranquille. »

Quelques semaines plus tard, Auguste se dis-
tinguait à Staouéli, un de nos plus brillants faits
d'armes; et il y était blessé.

Cette nouvelle mit beaucoup de temps à arriver
à ses parents.

Mais il n'y avait pas que la famille Lucet qui
s'intéressât aux nouvelles d'Afrique; chaque
fois que les bonnes gens du village aperce-
vaient le piéton, ils couraient à sa rencontre
et lui demandaient s'il avait des lettres de là-
bas.

Après plusieurs réponses négatives, il arriva
que le meunier reçut une lettre : son fils n'avait
pas une égratignure, mais ce bon et gentil capitaine Lucet, qui s'était battu comme un enragé,
avait attrapé un beau coup de sabre au front.
« Ça n'empêche pas, ajoutait le garçon, qu'il est
toujours gentil, on l'aime tout plein au régiment. » Le soldat ajoutait : « Sa famille sera joliment contente en apprenant ça. »

Le meunier, partageant les sentiments de son
fils, s'empressa d'aller chez M. Lucet. La famille
était à table.

« Ça ne fait rien, dit le brave homme, j'ai une
bonne nouvelle à leur annoncer. »

Nanette n'hésita pas à laisser entrer le meunier, qui raconta avec enthousiasme ce que son fils lui avait écrit.

Grande fut la surprise du brave homme en voyant pâlir Mme Lucet et Mlle Minette fondre en larmes.

« Pardon, excuse, dit le meunier, j'avais pensé vous faire plaisir en vous apprenant que le capitaine n'était pas resté sur le champ de bataille, comme tant d'autres.

— Vous ne vous êtes pas trompé, mon brave homme, dit M. Lucet; mais, vous savez, les femmes sont plus tendres que nous autres.

— Soyez tranquilles; bientôt une lettre de M. Auguste vous consolera tous; et peut-être son régiment sera-t-il de ceux qui rentreront en France. »

Mme Lucet fit preuve d'une sagesse sur laquelle personne ne comptait. Cette sagesse était due à la générosité qui l'avait toujours distinguée :

« Ma fille, dit-elle, nous le reverrons, et nous le trouverons beau.

— Je vais me remettre au travail, dit Minette, et, lorsqu'il sera ici, je ferai son portrait afin de laisser à la famille le souvenir de cette glorieuse blessure. »

Enfin une lettre de quatre pages, pleine d'en-

train et de détails intéressants, vint rassurer
complètement la famille Lucet.

« Vous conviendrez, disait le blessé, *qu'un
coup de sabre à la tête n'a jamais empêché de
marcher*, pas plus que d'écrire. Notre correspondance n'en souffrira donc pas; et les Arabes
n'y perdront rien! soyez tranquilles! Je conser-
verai peut-être une cicatrice, mais je guérirai,
et Minette sera fière et glorieuse de donner le
bras à son *balafré*. »

« Il a raison, se disait Minette; oh oui! je suis
fière de lui; mais que Dieu le protège et nous le
ramène promptement! Combien je vais trouver
long le temps qui s'écoulera jusqu'à son retour!
Ah! que ne puis-je aller en Afrique pour le voir
et l'embrasser plus tôt. »

Cependant, réconfortée par le courage et l'entrain de son frère, Minette dut, à son tour, rassurer sa pauvre mère et consoler Nanette, qui ne
voulait pas entendre raison.

« Voyons, lui disait-elle, aimerais-tu mieux
qu'il se fût sauvé ou qu'on l'eût trouvé parmi les
morts? Il est bien soigné, et nous le reverrons:
tranquillise-toi donc. »

Minette, nous l'avons dit, ne raisonnait pas
ainsi lorsqu'elle était seule. Oh! qu'elle avait
de chagrin, la bonne petite sœur! mais, après
avoir versé bien des larmes, elle remerciait

Dieu de lui avoir conservé ce cher et charmant
frère.

La cousine Bertran ne manquait jamais aux
devoirs de convenance : dès qu'elle sut qu'Auguste
était blessé, elle vint voir ses parents, se lamenta
longuement et finit par donner des conseils. Il
fallait qu'Auguste donnât sa démission et revînt
en bon bourgeois à la *Prairie*; il ferait le pendant du vieux colonel.

M. et Mme Lucet gardèrent le silence, mais
Minette répondit à Mme Bertran : « Ma cousine,
Auguste est brave, et il n'abandonnera pas sa
carrière. Son colonel l'a mis à l'ordre du jour :
il justifiera l'éloge qui a été fait de lui.

— Petite, reprit la cousine Bertran, tu es toi-
même vraiment bien brave, mais nous verron
plus tard!... »

Mme Bertran se retira, et personne ne songea
à la retenir.

« Papa, comment se fait-il que vous ayez une
cousine si peu aimable, vous qui êtes si bon?

— Ma chérie, la cousine Bertran a bon cœur,
mais elle a perdu ses parents lorsqu'elle était
encore enfant; peut-être eût-elle été mieux élevée et par conséquent plus aimable si elle les
eût conservés. Héritière d'une grande fortune,
elle fut entourée de flatteurs qui cédaient à tous
ses caprices; et avec les années elle devint

égoïste ; sa mauvaise santé y contribua aussi.

— Alors je la plains : moi, si personne ne m'aimait, je serais bien malheureuse », dit Minette en embrassant son papa.

IX

Le dîner de la Saint-Jean

Par un beau jour du mois d'avril, un régiment de chasseurs, revenant d'Afrique rentrait à Paris : c'était le régiment d'Auguste. Les curieux se confondaient avec les parents et les amis pour voir défiler les braves qui avaient maintenu l'honneur du drapeau en Algérie. La famille Lucet n'était pas arrivée la dernière.

Auguste avait été informé que des amis avaient mis à la disposition de ses parents des fenêtres d'où l'on verrait défiler son régiment.

Le jour est arrivé, la foule se presse, la famille Lucet n'est pas en retard.

Minette quittait sans cesse sa placè pour aller à la fenêtre. Il y avait des alertes continuelles. Selon Minette, le régiment aurait dû rentrer au galop; mais, s'il en eût été ainsi, parents et amis n'eussent pas eu le temps de reconnaître ceux qu'ils attendaient avec tant d'impatience. Une heure plus tard, Auguste, qui savait d'avance quelles fenêtres occuperait sa famille, se fit reconnaître en saluant ses parents et amis.

Minette avait parié qu'elle ne pleurerait pas en voyant son frère; mais elle éclata en sanglots dès qu'elle aperçut les premiers cavaliers. Sa mère suivit son exemple, mais son père et Henri dominèrent leur émotion et firent bonne contenance.

La famille, ayant reconnu Auguste, n'attendit pas la fin du défilé des troupes pour se retirer.

Mme Lucet et sa fille rentrèrent chez elles, tandis que M. Lucet et Henri suivirent le régiment jusqu'à son quartier.

Ils attendirent longtemps avant de pouvoir échanger quelques paroles avec lui, mais ils l'avaient vu; et il était évident que le capitaine était en bonne santé. Pendant que Henri et son père attendaient Auguste avec impatience, Minette et sa mère ne l'attendaient pas avec moins d'anxiété à la maison.

Nanette, dans sa joie, parlait toute seule dans sa cuisine : « Moi, disait-elle, je ne me sens pas de joie de revoir mon garçon que j'ai nourri *au petit pot*. Nous l'avons échappé belle ; mais enfin il va rester avec nous ; il va manger de notre cuisine. Il va nous en raconter long ! Moi, ajouta-t-elle en s'essuyant les yeux, je veux être contente. Oh ! Minette, il y en a de plus malheureux que nous. »

Enfin M. Lucet et ses fils arrivent à la maison. La blessure d'Auguste attire tous les regards. « Quel dommage, dit-on, si jeune et si beau ! ». Sa mère et sa sœur viennent le recevoir au bas de l'escalier ; et les autres locataires ne croient pas manquer à la discrétion en se tenant sur les paliers de leurs appartements.

Dès que la porte se fut refermée, sa mère et sa sœur l'entourèrent de leurs bras et n'essayèrent pas même de retenir leurs larmes. Nanette se tenait modestement derrière la porte de sa cuisine, où Auguste alla la chercher.

« Avance donc, ma vieille, n'es-tu pas de la famille ? Ne reconnais-tu pas ton garçon ? »

Nanette, qui s'était crue un instant supérieure à ses maîtres, parce que ses yeux étaient secs, fut obligée de se sauver. La présence d'un fournisseur lui permit de s'épancher et de raconter tout ce qu'elle avait entendu dire de la guerre.

La bonne santé d'Auguste, la joie qu'il témoignait de se retrouver en France et d'être dans sa famille, firent que l'on n'osa pas trop se lamenter.

Il montrait une gaieté qui, en apparence du moins, ne se communiquait pas à ses parents; mais il y a des bonheurs qui ne font pas de bruit.

Auguste avait un congé de trois mois, pendant lesquels on allait le dorloter, écouter ses récits; on pleurerait sans doute, mais Auguste, qui était naturellement gai, trouverait bien moyen de ramener le sourire sur les lèvres de ceux qui l'écouteraient.

Minette n'était plus cette petite fille qu'il faisait sauter sur ses genoux : c'était une belle grande jeune fille tout à fait charmante; élevée loin du monde, elle avait acquis des qualités qui la faisaient rechercher des personnes de bon sens et de bon goût.

Auguste fut émerveillé surtout du talent réel qu'avait acquis sa *petite sœur.*

« Mais, disait-il, tu vas devenir un peintre célèbre.

— Et toi, un maréchal de France », répliquait Minette.

Auguste était partout accueilli avec intérêt et

Nanette, dans sa joie, parlait toute seule dans sa cuisine.

9

sympathie. C'était à qui le verrait, l'entendrait.

Le capitaine parlait volontiers de sa glorieuse campagne; toutefois il passait sous silence certains détails qui eussent fait frémir sa chère petite sœur.

Quel plaisir il prenait à regarder ce doux visage, et même à voir ces beaux yeux se remplir de larmes!

Auguste ayant témoigné le désir d'aller voir le colonel, on décida que tout le monde l'accompagnerait.

Nanette partit la première pour la campagne, afin de recevoir ses maîtres.

Le colonel n'attendit pas la visite de ses voisins; à peine étaient-ils arrivés, que le vieillard frappait à leur porte; il était impatient, disait-il, de voir un brave; car rien, à l'en croire, n'était plus beau qu'une blessure au visage. Le voisin était un homme de cœur; par discrétion il ne songea même pas à questionner Auguste sur des faits qui l'eussent pourtant fort intéressé. « La conversation militaire était ajournée, disait Minette. Il fallait d'abord bien se regarder et bien s'embrasser. »

M. Lucet et ses fils faisaient de longues promenades, pendant lesquelles ils s'entretenaient en toute liberté : « Eh bien! mon frère, disait Henri, pendant que tu te couvrais de gloire, moi je me couvrais de poussière. J'ai construit des hôtels pour des marquis et pour des princes, et, si tu étais rentré en France un an plus tard (nous sommes bien contents que tu n'en aies rien fait), tu aurais trouvé une aile de plus à notre maison.

— Mon ami, n'aie pas de regrets : je suis content de retrouver notre nid tel que je l'ai laissé. »

Les promenades que son père et ses frères faisaient sans elle semblaient à Minette une injustice, qu'elle supportait difficilement.

Malgré tout le plaisir qu'éprouvait Auguste à être en famille, il lui arrivait parfois de s'échapper de grand matin et de se promener seul dans de petits chemins où il n'était pas exposé à faire de rencontres. Le héros de Staouéli s'arrêtait *pour écouter le silence*. Il n'avait même pas à redouter dans cette saison le bruit des fusils des chasseurs; il oubliait le champ de bataille, et jouissait profondément du calme de la campagne. Il pensait à cette charmante sœur : « Je tâcherai, quoi qu'elle en dise, de lui faire épouser Georges, le meilleur et le plus charmant de mes camarades. »

Ces rêveries faisaient quelquefois oublier à Auguste l'heure du déjeuner; alors il était grondé par Minette, qui lui disait d'un petit air piqué : « Monsieur le Capitaine, quand on a passé si longtemps sans dire bonjour à sa petite sœur, on devrait être plus empressé de réparer le temps perdu. »

Auguste baissait la tête d'un air contrit, mais il lui arrivait de retomber dans la même faute. Minette essayait alors de lui faire la mine, sans y réussir pourtant.

Auguste considérait le talent de sa sœur comme un talent dont sa famille seule devait jouir. Il fut donc très étonné de trouver Minette à son atelier à une heure où il croyait qu'elle dormait encore.

Minette achevait un paysage.

« Où placeras-tu ce beau paysage, petite sœur?

— Je le placerai dans ma bourse.

— Que veux-tu dire?

— Je veux dire que M. Herbert m'en donnera mille francs.

— Tu plaisantes!

— Pas du tout, je suis en train de me faire une clientèle d'amateurs anglais.

— Pauvre petite sœur!

— Ne me plains pas, je t'en supplie, tu ignores le bonheur qu'éprouve une fille à procurer de l'aisance à ses parents lorsqu'ils n'ont que le strict nécessaire, et à leur donner les jouissances qu'ils se refusent. Ce brave M. Herbert va me compter mille francs, sur lesquels je prélèverai la somme nécessaire pour acheter un bon fauteuil à ma mère, car elle devient chaque année plus faible; sois discret, Auguste.

— Chère Minette, sois tranquille; hélas! nous autres militaires, nous ne savons le plus souvent que faire des dettes.

— Des dettes! je les ai en horreur! En as-tu, mon ami? Si tu en as, je les payerai.

— Jamais, Minette!

— Il le faut, mon ami, car rien ne me rendrait plus heureuse que de te venir en aide.

— Non, ma chérie, je n'ai pas de dettes. »

La conversation en resta là.

Le vrai nom de Minette était Jeanne, et, chaque année, sa fête était célébrée chez les bons fermiers qui avaient sauvé la vie à la petite Minette un jour qu'elle était tombée dans la mare aux canards, en l'absence de sa bonne, occupée à lui faire une balle de coucous pour l'amuser. Le mari et la femme avaient refusé la récompense que le père et la mère de Minette leur avaient offerte. Mais, l'année suivante, Nanette leur ayant dit que ses maîtres étaient un peu fâchés de leur refus, la mère Louison répondit : « Eh bien, mam'selle Nanette, c'est après-demain la Saint-Jean et la fête de notre petite demoiselle : demandez à nos maîtres de nous faire l'honneur de dîner chez nous chaque année ce jour-là. »

Nanette fit si bien la commission, que l'invitation fut acceptée. La reconnaissance, qu'on peut souvent comparer à un fer chaud qui va toujours se refroidissant, ne fit que s'accroître dans le cœur des parents de Minette. N'était-ce pas à cette brave fermière qu'ils devaient l'existence de cette chère Minette! Ils allaient donc s'asseoir chaque année à la table de leurs fermiers.

Auguste se piqua de ne pas faire honneur au dîner de la fermière seulement par son bon appétit : il se mit en grande tenue, et il n'eut garde d'oublier sa croix d'honneur. Les six enfants des fermiers étaient là avec leurs familles ; ils avaient fait trois lieues pour venir au grand dîner, comme ils disaient. Luce, la fille aînée, arriva munie d'un dessert qui eût été digne de la table d'un roi, et dont elle eût trouvé un bon prix au marché.

Le capitaine intéressa par ses récits tous ces braves gens et répondit à toutes leurs questions, dont quelques-unes le divertissaient beaucoup.

La famille Lucet faisait des présents ce jour-là aux fermiers et à leurs enfants ; et Minette, l'héroïne de la fête, se réservait le plaisir de les distribuer.

Il était impossible qu'Auguste passât dans le chemin le plus détourné sans être reconnu : sa blessure le signalait à tous les regards.

Quelquefois le capitaine essayait d'inspirer

l'amour de la patrie et le désir de la servir aux
enfants qui s'arrêtaient pour le voir passer. Beaucoup d'entre eux s'enfuyaient comme des sauvages, et malgré cela Auguste essayait toujours
de leur communiquer des sentiments plus nobles.
Un jour un bambin de huit ans s'avança résolument et dit :

« Monsieur le capitaine, moi je veux bien aller
en Afrique; mais à condition que j'emmènerai
mon chien Filos, qui mordra les jambes aux
Arabes.

— C'est une bonne idée, mon petit Nicolas,
dit Auguste; viens, que je t'embrasse. »

La bravoure du petit Nicolas fut consignée dans
les annales du pays.

Pendant que les camarades d'Auguste allaient
de fête en fête et dormaient la grasse matinée,
lui se levait avec le soleil; il s'intéressait aux
travaux des paysans, et, s'il passait à l'heure de
leur repas, il s'arrêtait, causait volontiers avec
eux, répondait à toutes leurs questions; et il constatait quelquefois avec bonheur que l'amour
du pays existait chez tous ces Angevins.

De toutes les distractions qu'Auguste trouvait
dans le pays, il n'y en avait pas de comparable à
celle de passer une journée chez le colonel :
parler batailles, joies et misères de la vie du
soldat.

Cela ne l'empêchait pas de revoir avec plaisir tout ce qui l'avait amusé dans son enfance.

Le silence qui succédait au bruit du canon, les fleurs et les fruits de son pays lui faisaient oublier tout ce qu'il avait admiré en Algérie.

Minette était assurément très heureuse de l'intimité de son frère avec le colonel, puisqu'il y trouvait de l'agrément; pourtant elle ne voyait jamais son frère prendre le chemin de la *Pointe* sans éprouver un petit sentiment de jalousie. Auguste s'en aperçut, et à partir de ce moment le frère et la sœur se quittèrent rarement.

« Ah! se disait Minette, comme le temps passe vite quand on est heureux! Mon Dieu! si tu allais retourner en Afrique!

— Eh bien! j'espère que j'en reviendrais; mais rassure-toi, mon colonel m'a ôté tout espoir de retourner en Afrique.

— Oh! que j'aime ce colonel! » dit Minette.

« Si elle savait, pensait Auguste, comme il regrette de rester en France, son enthousiasme tomberait bien vite. »

Cependant Minette n'avait pas abandonné sa palette. Elle venait d'achever un paysage destiné à lord X***, et pour lequel elle toucherait une jolie somme.

« Si tu savais, Auguste, quelle joie c'est pour moi de mettre des billets de banque dans le secrétaire de maman! Cette chère maman ne veut pas dépenser cet argent; papa lui donne raison, il le place pour me faire une dot ; mais, Auguste, je ne veux pas me marier.

— Et pourquoi ne veux-tu pas te marier, mademoiselle ?

— Parce que je pense qu'il n'y aura jamais trop de vieilles filles. Que deviendraient les parents s'ils n'avaient près d'eux une fille dévouée dont tout le cœur est à eux sans réserve? Te figures-tu la maison sans Minette? Auguste, dit-elle en devenant sérieuse, notre mère chérie a une mauvaise santé, ses forces diminuent, elle s'attriste... Oh non! je ne la quitterai pas.

— Chère petite sœur, répliqua Auguste, alors nous ne nous quitterons pas. Moi je me ferai fermier.

— Auguste, je serais si heureuse d'avoir une belle-sœur que j'aimerais comme une sœur, et puis j'entends que tu deviennes général.

— Nous verrons », répondit Auguste gravement.

Leur promenade s'était prolongée; personne ne s'en inquiétait, excepté Nanette, qui savait par expérience qu'un déjeuner réchauffé ne valut jamais rien. Elle les aperçut enfin, et reprit sa bonne humeur.

Henri venait souvent à la *Prairie* se reposer et

secouer la poussière à laquelle n'échappe pas toujours un bon architecte; car, si l'absence des coups de canon ne déplaisait pas à Auguste, l'absence de la pioche et de la scie du scieur de pierre n'était pas sans charme pour Henri.

Minette était très délicate dans sa tendresse pour ses frères, elle prétextait un devoir à remplir pour leur laisser toute liberté de causer ensemble. Le sacrifice n'était pas aussi grand qu'elle le croyait, car elle goûtait peu les récits de batailles, et il n'était pas douteux qu'il n'en dût être question entre les deux frères.

Un jour qu'ils revenaient tous les trois de la promenade, ils firent une rencontre qui les surprit beaucoup. Il faut que le lecteur sache que les oies sont en grande considération en Anjou, non pas qu'elles se soient illustrées par quelque action glorieuse comme leurs ancêtres du Capitole; mais la chair en est très bonne. Ces oies étaient en grande toilette, c'est-à-dire que, selon l'habitude du pays, leur cou était dégagé des plumes que la nature a destinées à en faire l'ornement. Deux de ces oies portaient sur leurs ailes une de leurs compagnes qui était blessée. Minette avait souvent entendu parler du secours que les oies se portent entre elles, mais c'était la première fois qu'elle était témoin de ce fait. Cette rencontre prêta matière à beaucoup de

réflexions; Minette déclara qu'il fallait récom-
penser les deux oies dont les ailes avaient servi
de brancard à la malade, et que ce serait elle
qui leur ferait la pâtée.

X

La jeune artiste.

Auguste admirait beaucoup sa sœur : « Quelle intelligence ! quel cœur ! se disait-il ; elle est réellement capable de ne pas se marier pour soigner ma mère et charmer sa vieillesse. Après tout, aurait-elle si grand tort ? Henri est absorbé par ses travaux, il fera fortune ; moi je suis soldat, et je dois répondre à l'appel. Chère Minette ! »

Auguste était encore tout ému lorsqu'il rentra.

« Tu as certainement fait un plan de bataille ? lui dit sa sœur.

— Oui, et c'est toi qui as remporté la victoire.

— Explique-toi, mon frère.

— Pas aujourd'hui... plus tard, nous verrons.

— Tu as des secrets pour ta sœur, c'est joli!

— Non, je n'ai pas de secrets pour toi, Minette chérie, mais....

— Je déteste les *mais*, mon ami; moi je n'en ai pas, et je veux te dire, sans tarder davantage, que j'ai un projet de mariage pour toi.

— Ma sœur, il est trop tard!

— Tu es marié?

— Pas encore.

— Je ne plaisante pas, capitaine.

— Ni moi. »

Un bruit de roues sur le sable mit fin à la conversation. Les deux interlocuteurs n'en étaient pas fâchés.

Une voiture s'arrêta, et, quelques minutes plus tard, lord X*** entrait. Il s'inclina respectueusement devant Minette et secoua vigoureusement la main d'Auguste. Minette prévint son désir en lui proposant de monter à l'atelier. Il accepta avec empressement, tout en assurant Minette qu'il était venu non pour lui demander de hâter son ouvrage, mais simplement pour l'admirer.

« Mais, ajouta-t-il, il y a quelqu'un qui est plus impatient que moi de voir ce paysage achevé : mon fils aîné se marie, sa fiancée est

une véritable artiste, non par les œuvres qu'elle
produit, mais par sa juste appréciation de celles
des autres. John est en train de former une galerie dans le château qu'il habitera après son
mariage, et je veux, Mademoiselle, que votre
œuvre figure dans la galerie de mon fils. Serez-
vous en mesure de livrer ce tableau dans un
mois, Mademoiselle?

— Assurément, Milord; et je puis m'engager
à vous l'expédier à l'époque fixée.

— Je suis enchanté! Et, si vous le permettez,
je vais m'acquitter immédiatement de ma petite
dette? »

Minette s'inclina en signe d'assentiment. Auguste sortit aussitôt.

Est-ce par discrétion que le capitaine se retire?
Non, c'est par un sentiment qui, selon nous, lui
fait moins d'honneur : il éprouve une sorte de
honte à la pensée que sa sœur va recevoir d'un
étranger le prix de son travail. Minette aussi
rougit en recevant les billets de banque de l'é-
tranger, mais cette rougeur a une autre cause :
la chère enfant songe à la destination de cet
argent; elle qui n'a jamais eu de secret pour sa
mère, ne lui remettra point, cette fois, le fruit
de son travail; elle achètera le fauteuil destiné
à Mme Lucet, qui désormais n'aura plus rien à
envier sous ce rapport à la cousine Bertran.

Minette connaît le nom et l'adresse du marchand, elle fera sa commande dès aujourd'hui.

Auguste sera dans le secret, il ira mettre la lettre à la poste; car cette lettre ne doit pas être déposée à la cuisine, pour y attendre le passage du piéton.

Minette courut aussitôt chercher son frère, se proposant de le gronder pour s'être retiré si brusquement.

« Eh bien, mon ami, tu as perdu un beau coup d'œil!

— Et lequel, je te prie?

— L'expression de contentement qui était sur mon visage en recevant les billets que m'offrait cet excellent lord X***.

— Console-toi, Minette : non seulement je ne suis pas humilié, mais j'éprouve actuellement un tout autre sentiment.

— Pourquoi donc l'artiste ne serait-il pas fier de recevoir le prix de son travail, aussi bien que l'architecte, Henri par exemple?

— Un homme, c'est différent! mais, après tout, tu as raison, ma sœur.

— Mais, dis-moi, aurais-tu la prétention d'ôter à une femme le privilège de venir en aide à ses parents, de leur procurer certaines douceurs qu'ils se refusent? Ne faut-il pas d'ailleurs faire valoir les dons qu'on a reçus? Capitaine, ajouta

Minette en sautant au cou de son frère, tu ne garderas pas toute la gloire pour toi. J'en veux ma part. Cette gloire est bien douce, va! Être utile à ses parents! si tu savais, Auguste! »

Minette fondit en larmes; son frère l'embrassa et lui dit : « Ma sœur, pardonne-moi ». Auguste obtint son pardon.

Quinze jours plus tard, un facteur apportait à la *Prairie* une caisse dont les dimensions surprirent tout le monde, à l'exception d'Auguste et de sa sœur. Sans perdre un instant, Auguste s'arma d'un marteau et d'un couteau de cuisine, faute d'instruments propres aux opérations diverses d'un déballage.

En toute autre circonstance, Nanette eût jeté les hauts cris en voyant son couteau ainsi compromis; mais la curiosité lui fit accepter ce que d'ailleurs elle ne pouvait empêcher.

En deux minutes le fauteuil fut débarrassé du foin protecteur dont le tapissier l'avait largement emmailloté.

M. et Mme Lucet se perdaient en conjectures : qui pouvait donc faire un semblable présent à Mme Lucet? qui pouvait savoir de quelle utilité lui serait ce fauteuil?

« Est-ce toi, mon ami? demanda Mme Lucet à son mari.

— Non, ce n'est pas moi.

10

— C'est peut-être la cousine », dit Nanette, quoiqu'elle ne fût pas priée de donner son avis.

Auguste et Minette éclatèrent de rire.

« Faut-il le dire? demanda Auguste.

— Oui, il faut en finir, mes enfants, dit M. Lucet; votre mère, j'en suis sûr, est impatiente de remercier l'aimable personne qui a eu cette attention.

— Eh bien, dit Minette, c'est lord X***.

— Lord X***!

— Oui vraiment, dit Auguste; il a chargé ma sœur de faire ce présent à ma mère.

— Je crois bien que ce lord a sa part de l'originalité qui est propre aux fils d'Albion; mais j'ai peine à croire qu'il ait songé à me faire ce présent, à moins toutefois que Minette ne lui en eût suggéré l'idée.

— Eh bien, dit Auguste, il a remis à ma sœur ce qu'il était convenu de lui remettre pour le joli paysage destiné à la galerie du château de son fils; et Minette a voulu qu'une partie du premier argent qui entrait dans sa bourse fût employée à acheter ce fauteuil, dont l'usage sera aussi utile qu'agréable à notre mère chérie.

— Minette! » dit Mme Lucet sans pouvoir ajouter un mot de plus.

Ses enfants l'obligèrent à prendre possession du fauteuil et à dire comment elle s'y trouvait.

Un facteur apportait une caisse à la *Prairie*.

« Il me semble, dit Mme Lucet, que mes douleurs se sont évanouies. Ma fille, tu as eu une excellente idée. Je te remercie, je te bénis, chère enfant.

— C'est très bien pour une fois, dit M. Lucet; mais à l'avenir j'entends être le banquier de Mlle Minette; elle voudra bien me remettre, dès aujourd'hui, l'argent qui lui reste; et, avec sa permission ou sans sa permission, je le ferai valoir.

— Je comptais bien vous confier mon trésor, cher papa, mais il faut pourtant que vous m'accordiez une certaine somme pour faire de petits présents à mes frères, à nos serviteurs et à nos pauvres voisins.

— Moi, dit Auguste, je te demande une paire d'éperons; et moi, ajouta Henri, un certain livre d'architecture qui me sera fort utile.

— Vous êtes trop modestes, mes frères; toutefois je consens à vous donner ce que vous désirez; mais, si la fortune m'est fidèle, je n'aurai pas la simplicité de vous consulter une autre fois. »

Mlle Minette avait fait des châteaux en Espagne; elle s'était imaginé qu'elle pourrait, à partir de ce jour, agir à sa tête; et elle s'était déjà informée du prix d'un cheval.

Nanette ne voulut pas accepter d'autre présent qu'une poêle à frire, la sienne était si usée, qu'il

fallait tout son talent pour en faire usage. Quand
on demeure près d'une rivière, disait-elle, il ne
suffit pas d'être d'habiles pêcheurs, il faut avoir
aussi une bonne poêle à frire.

Le succès appelle le succès : le fils de lord X***
fut enchanté du présent de son père : il voulut
voir l'auteur du tableau.

Les succès qu'obtenait Minette à l'étranger ne
lui faisaient pas oublier ses premiers maîtres.
Mlle Leduc, qui avait pressenti et développé le
talent de la jeune fille, fut la première informée
de ce qui se passait.

On ne le laissa pas ignorer à M. X***, qui,
moins modeste que Mlle Leduc, ne voulut pas
que l'œuvre de son élève passât à l'étranger sans
avoir obtenu son approbation. Il se disposait
donc à se rendre en Anjou, lorsque le jeune
lord informa Mlle Lucet de son désir de recevoir
le tableau à Paris, où il voulait le faire admirer
à quelques amis.

Cette décision arrangea tout le monde.

La famille résolut de quitter l'Anjou sans retard, car elle ne voulait pas priver Minette du
plaisir de voir apprécier son travail par ses
maîtres d'abord et par les amis de lord X***.

Nanette seule resta en Anjou, pour rétablir
l'ordre dans la maison, car, quoiqu'elle eût
grande confiance dans Rosine, elle avait entendu

dire que l'œil du maître engraisse le cheval, et Nanette se considérait comme l'œil du maître.

L'œuvre de Minette fut exposée dans un hôtel des Champs-Élysées qu'habitaient les amis du jeune lord. L'enthousiasme britannique fut au comble; on sollicita l'artiste de consacrer son pinceau à une nouvelle œuvre; mais son professeur, devenu l'ami de la famille, l'engagea à reprendre ses études pendant une année, avant d'entreprendre un autre tableau. Le maître était d'accord en cela avec les parents : la jeune fille se soumit et reprit ses études avec zèle.

La cousine Bertran apprit avec étonnement les succès de Minette, et à sa première visite elle développa longuement l'avantage d'avoir un talent qui supplée au manque de fortune.

Auguste, qui était présent, se chargea de démontrer à la cousine que les talents ne seraient pas non plus inutiles aux riches oisifs qui s'ennuient dans leurs somptueux appartements.

En prenant congé de ses parents, Mme Bertran dit d'un ton doucereux :

« Tu me feras un beau paysage, ma petite; je te payerai bien, sois tranquille.

— Madame, répondit Auguste, ma sœur se reposera longtemps : c'est l'avis de nos parents et celui de son maître. »

Mme Lucet reprocha au capitaine d'avoir parlé si sèchement à la cousine.

« Elle est bien heureuse, répondit Auguste, que je n'aie pas tiré mon épée. »

Cette repartie ramena la sérénité sur tous les visages : on éclata de rire.

XI

Minette garde-malade

Si l'épée d'Auguste n'avait pas atteint la cousine Bertran, ladite cousine n'échappa pas à une fièvre qui régnait à Paris.

Ses amies du monde, redoutant la contagion, s'éloignèrent promptement; et la malade se trouva en tête-à-tête avec sa femme de chambre, dont le service ne laissait rien à désirer lorsque sa maîtresse était en bonne santé, mais qui fut immédiatement rappelée par sa mère en cette occasion.

La pauvre femme riche fut dès lors confiée à
une garde-malade. Les soins de cette femme
ne pouvaient remplacer ceux de Mlle Eugénie,
habituée aux exigences de sa maîtresse.

Mme Lucet, quoique souffrante elle-même, venait chaque jour passer une heure auprès de sa
cousine.

Minette, quoique très occupée, aurait bien voulu
venir aussi la distraire; mais on ne le lui permit
que lorsqu'il fut bien évident que la contagion
n'avait jamais été à redouter. Elle s'efforça alors
de consoler et d'encourager la malade : mais
sans y parvenir. Mme Bertran pleurait et se
désespérait. Ses amies du monde lui manquaient; mais elle ne réclamait pas leur présence, car on était dans la saison des plaisirs,
et Mme Bertran ne savait que trop bien comment ses amies employaient leur temps à cette
époque de l'année.

L'une d'entre elles vint cependant faire une
visite à la malade, qu'elle égaya un peu en lui
décrivant toutes les toilettes de la saison. L'aimable visiteuse promit de revenir, mais elle ne
revint pas. Mme Bertran en fut étonnée et profondément attristée; cette visite lui avait fait
tant de bien!

Cependant Mme Lucet fut, à son tour, retenue
à la maison par un rhume qui réclamait les

plus grands soins; dès lors Minette la déclara prisonnière, et l'aimable fille partagea son temps entre les deux malades.

Il lui en coûtait beaucoup de quitter son pinceau; mais Mme Bertran ne soupçonna pas le sacrifice que lui faisait Minette en interrompant ainsi son travail.

La présence d'une de ces femmes dévouées aux malades devint cependant de toute nécessité.

Sœur Catherine fut choisie pour remplir cette tâche : c'était une personne douce, intelligente et patiente, qui comprit d'emblée la situation.

A partir de ce moment, Minette recouvra en partie sa liberté; mais elle venait souvent voir sa cousine; la sympathie s'établit ainsi entre les deux gardes, qui s'entretenaient à voix basse lorsque Mme Bertran dormait.

Minette résolut d'employer utilement ce temps; elle pria sa mère, qui était si habile, de vouloir bien lui tailler des vêtements pour les petits enfants pauvres.

Sœur Catherine l'aiderait de ses conseils et au besoin de son aiguille.

Un temps si bien employé passait vite et agréablement. Minette était ravie quand elle coiffait son poing d'un petit bonnet, ou le chaussait d'un petit chausson; mais toutes ces merveilles dis-

paraissaient dès que la malade ouvrait les yeux.
La froideur de Minette pour sa cousine com-
mençait à faire place à une véritable compassion. Elle fit à ce sujet plusieurs petites confidences à sœur Catherine, qui lui dit :

« Mademoiselle, on aime toujours ceux auxquels on fait du bien. »

Mme Lucet encourageait sa fille, qui montrait
pour le travail à l'aiguille des dispositions que
jusqu'alors on avait à peine soupçonnées. Mais les
heureux résultats du zèle de Minette et les com-
pliments qu'elle en recevait ne la consolaient pas
entièrement de négliger la peinture ; elle ne le
cachait point à sœur Catherine, mais celle-ci la
consolait en lui disant :

« Mademoiselle, vous faites double besogne,
vous travaillez pour le ciel et pour les pauvres.
Oh non ! vous ne perdez pas votre temps. »

L'hiver fut rigoureux, cette année-là ; mais, dès
les premiers jours de mars, le soleil vint réjouir
les Parisiens.

Minette se disait que le soleil de la *Prairie* était
encore plus beau, et qu'au lieu de faire un paysage d'hiver, elle s'inspirerait plus volontiers des
beautés du printemps. Un mois plus tard, la malade était en convalescence, et elle témoignait
une vive reconnaissance à ses deux gardes ; son
regard n'avait plus la même expression, ni sa

bouche le même langage : Minette était son *ange,*
et sœur Catherine son *amie.*

Quand il arrivait encore à Minette de dire
qu'elle perdait un temps précieux pour son art,
sa compagne l'interrompait :

« Ah ! Mademoiselle, ne dites pas cela, le temps
que l'on consacre à la charité vaut de l'or; c'est
notre richesse à nous, pauvres filles, et nous n'é-
changerions pas cet or pour celui de la terre. »

Minette comprenait ce langage; toutefois elle
ne put retenir un soupir en songeant qu'il y avait
deux mois qu'elle n'avait tenu un pinceau.

Mme Bertran se remettait doucement, mais
elle était fort changée, et son âme aussi avait
subi un changement. Le dévouement et la douceur de ses jeunes gardes-malades l'avaient ame-
née à faire bien des réflexions. Minette n'aurait-
elle pas pu se borner à lui faire de temps en
temps une courte visite? « Eh! qu'ai-je fait, se demandait la malade, pour mériter une semblable
affection? Mes amies, en somme, se sont con-
tentées d'envoyer savoir de mes nouvelles par
leurs domestiques! » Mme Bertran ne comprenait plus comment elle avait pu être si peu
aimable pour de tels parents. Qu'elle était loin
alors de se douter de la générosité de leur cœur,
et de s'attendre à devenir l'objet de leur sollici-
tude !

« Ils sont tous charmants, pensait-elle : le père est un homme intelligent, plein de cœur et de courage ; sa femme est une mère de famille admirable, laborieuse, toujours disposée à obliger ; leurs fils sont des jeunes gens distingués et charmants ; cependant j'ai moins de sympathie pour le capitaine : il me semble toujours qu'il va me passer son épée au travers du corps. »

Minette s'était si bien engagée dans le rôle de garde-malade, qu'elle n'osait plus se retirer ; mais, à sa grande surprise, ce fut Mme Bertran qui lui dit un jour en l'embrassant :

« Minette, je ne veux plus de toi, va reprendre ton travail ; si tu veux me donner un peu de la soirée que ta bonne mère m'accorde quelquefois, j'en serai bien contente ; mais je n'entends pas que tu continues à perdre ton temps : va-t'en ; je vais faire atteler, et ma femme de chambre t'accompagnera.

— Mais, ma cousine....

— Il n'y a pas de *mais*, reprit Mme Bertran, je suis en convalescence ; ma volonté est de te rendre à ta mère et à ton travail. »

En achevant ces mots, Mme Bertran sonna sa femme de chambre et lui dit :

« Eugénie, faites atteler, vous reconduirez Mademoiselle chez elle. »

Ce qui fut dit .fut fait. On se quitta en se disant au revoir.

Minette était radieuse, elle allait reprendre
son pinceau.

Mme Lucet s'étonna du retour de sa fille;
l'explication lui en ayant été donnée, elle pressentit qu'un heureux changement s'était fait dans
l'esprit de sa cousine, et peut-être aussi dans son
cœur.

A partir de ce moment, la vie de Mme Bertran
fut transformée. Les domestiques s'étonnaient de
voir leur maîtresse si complètement changée.

« Bien sûr, disaient-ils, c'est Mlle Minette qui
a fait ça.

— Moi, dit la femme de chambre, j'attendais sa
guérison pour m'en aller; mais je resterai, si Madame ne redevient pas ce qu'elle était avant sa
maladie. C'est Mlle Minette et la bonne sœur
Catherine qui ont opéré cette conversion sans
rien dire; mais on ne peut pas s'empêcher d'y
voir clair quand on a des yeux, et d'entendre
quand on a des oreilles. »

Mme Lucet écoutait avec ravissement tout ce
que lui racontait sa fille; elle l'approuva de ne
pas vouloir supprimer complètement ses visites
à la convalescente.

Un jour, quelques instants avant l'heure où
Minette se rendait chez sa cousine, un bruit de

voiture attira l'attention de Mme Lucet, qui, s'étant approchée de la fenêtre, dit :

« C'est le coupé de la cousine.

— Oh Ciel! s'écria Minette, comment sœur Catherine lui a-t-elle permis de quitter sa chambre, elle aura une rechute. »

Au même instant, un domestique annonça que la voiture de Mme Bertran était aux ordres de mademoiselle.

« Bien, répondit Mme Lucet, ma fille sera prête dans quelques instants. »

Lorsque le domestique se fut retiré, Mme Lucet et sa fille se regardèrent avec étonnement.

« On calomnie la maladie, dit en souriant Mme Lucet; si notre cousine s'était bien portée cet hiver, elle nous eût échappé.

— Nous la tenons, dit Minette, pauvre cousine! »

Minette fut prête en quelques instants, et monta en voiture; elle convint avec elle-même qu'une bonne voiture n'est pas à dédaigner, mais qu'elle préférait encore ses jambes à celles des chevaux de sa cousine.

Mme Bertran allait sensiblement mieux. Minette la trouva levée et souriante; elle essaya de parler de sa reconnaissance, mais Minette l'interrompit en l'embrassant.

Un mois plus tard, Mme Bertran volait de ses

propres ailes; sa première visite fut pour Mme Lucet et sa fille; elle les surprit dans l'atelier de Minette, où Mme Lucet travaillait à côté de sa chère artiste.

Mme Lucet essaya en vain de persuader à sa cousine de descendre au salon.

L'atelier de Minette, c'est-à-dire la mansarde où elle passait la plus grande partie de ses journées, étonnait et charmait Mme Bertran.

Cette jeune fille, qui lui semblait si bien faite pour le monde, passait donc de longues heures dans une mansarde; et elle travaillait pendant des mois entiers avant de recevoir le prix de son travail!

Mais la bonne santé de Minette et l'expression de sa physionomie ne permettaient pas de douter qu'elle ne fût heureuse.

Mme Bertran se retira enchantée de tout ce qu'elle venait de voir.

Elle reprit insensiblement ses relations; elle ne veillait pas, mais elle faisait des visites; et, à partir de ce moment, elle ne négligea plus ses parents.

Dès les premiers jours du mois de mai, la famille Lucet quitta Paris : Minette avait besoin de s'inspirer de la nature pour achever son travail.

C'était toujours avec un nouveau plaisir que la

11

famille Lucet rentrait au nid, comme disait
Nanette.

Le père de famille visitait sa petite propriété,
il écoutait son fermier, et faisait droit à ses modestes réclamations.

Minette ne se remettait jamais au travail avant
que la maison fût dans un ordre parfait; et, à la
voir entrer dans certains détails, on eût pu
croire qu'elle était une maîtresse de maison con-
sommée.

Elle donnait un coup d'œil partout, mettait de
l'ordre dans les armoires, faisait les provisions;
et, lorsqu'elle s'avisait de mettre la main à la
pâte, comme disait sa bonne, celle-ci se récriait
bien haut : la petite main blanche de Minette
n'était pas faite pour toucher à ceci, à cela; mais
Minette répondait à sa bonne : que la plus belle
main est celle qui travaille le plus.

Nanette regardait alors sa main rouge et ridée,
et levait les épaules.

Auguste devait venir huit jours plus tard; il
vint en effet, mais ce fut pour annoncer son changement de garnison : les chasseurs allaient quitter
Paris et partir pour Bordeaux.

Cette nouvelle attrista Mme Lucet; ce fut sa
fille qui releva son courage en lui faisant valoir
les avantages d'une vie active pour un jeune
homme; et, quoique son frère fût un garçon rai-

Mme Lucet travaillait à côté de sa chère artiste.

sonnable, il n'était pas certain qu'il lui fût bien profitable de tenir longtemps garnison à Paris.

L'entrain d'Auguste et la raison de sa sœur triomphèrent de la faiblesse de leur mère; et, après avoir passé quelques jours dans la plus douce intimité, Auguste fit ses adieux à sa famille; et chacun trouva sa consolation dans l'accomplissement de son devoir.

La plume de M. Lucet devenait chaque jour plus féconde. Il grossissait chaque année la dot de sa chère enfant, car il désespérait de la voir consentir à faire des économies pour elle-même; n'était-elle pas le dévouement personnifié!

Aurait-on jamais cru que cette petite fille, cette enfant gâtée, il faut bien le dire, serait un jour une personne aussi distinguée; et qu'à ses barbouillages d'enfant succéderaient des toiles de grande valeur!

Quelques semaines plus tard, un étranger récemment arrivé en Anjou acheta une propriété dans un des sites les plus renommés du pays; mais l'habitation laissait beaucoup à désirer. L'acquéreur, ayant appris par le colonel que le fils aîné de M. Lucet était un habile architecte, pria Henri de venir le trouver; et il lui confia les travaux de réparation et d'embellissement. A cette nouvelle, Minette s'écria : « Quand le bonheur est en train, il ne s'arrête plus! »

Les gens du pays voyaient avec plaisir ce jeune
architecte à l'œuvre. « Il est si aimable, disait
une bonne femme! Je suis bien sûre qu'il me
fera arranger le coin de mon mur, qui est tout
crevassé. »

Minette croyait rêver et faire le plus beau rêve;
mais, lorsque sa mère lui disait : « Auguste va
nous quitter ». Minette prenait un petit air
grave, et disait :

« Maman, il faut être raisonnable, vous me
l'avez dit souvent; maintenant il faut me donner le bon exemple. »

La réponse à cette morale était un baiser.

Les derniers jours qu'Auguste passa au milieu
de sa famille furent des jours de véritable fête.
Le colonel sortit de ses habitudes sédentaires, et
vint s'asseoir à la table de ses amis.

Il eut la délicatesse de ne point parler *batailles*,
comme c'était son habitude et son plaisir. Il se
rabattit sur la beauté de ses espaliers, ce qui
n'était pas absolument indifférent à ses voisins,
car le colonel leur en offrait toujours la primeur.

On allait se mettre à table, lorsqu'un bruit de
roues grinçant sur le sable, éveilla la curiosité
de tout le monde.

Auguste courut à la fenêtre, et fit une affreuse
grimace, en annonçant la cousine et sa femme
de chambre.

« Allons, Auguste, dit Minette : sois gentil! »

Les paroles de Minette avaient toujours une heureuse influence sur le capitaine; mais, cette fois, la vue d'un panier de champagne produisit plus d'effet que tous les discours; et on s'empressa autour de Mme Bertran :

« Quelle surprise, ma cousine! s'écrièrent-ils tous ensemble.

— Ne faut-il pas payer ses dettes? Et la première de toutes, n'est-elle pas celle de la reconnaissance? »

Minette conduisit Mme Bertran dans la jolie chambre rose qui était la sienne. La femme de chambre se contenterait du cabinet de toilette, où elle serait à la disposition de sa maîtresse.

Si l'arrivée de Mme Bertran avait surpris ses parents, ils le furent bien davantage du changement survenu dans son langage, dans ses manières et dans sa toilette, qui était celle d'une femme raisonnable.

Ce n'est pas tout : la cousine fit ouvrir une caisse dans laquelle se trouvaient des présents du meilleur goût pour chacun de ses parents. Aucun n'avait été oublié, et tout le monde fut satisfait.

Dès le lendemain, chacun reprit ses occupations habituelles. Mme Bertran n'était plus oisive : elle tricotait de jolies brassières et de petits couvre-pieds pour les enfants pauvres.

Le départ de Mme Bertran coïncida avec celui d'Auguste, qui, ayant complètement oublié ses préventions d'autrefois, fut rempli d'égards et d'attentions pour elle; de son côté, la cousine ne redoutait plus que le capitaine lui passât son épée au travers du corps.

XII

Une visite imprévue

Les travaux de Henri devant le retenir en Anjou jusqu'à la fin d'octobre, personne ne songea
à retourner à Paris avant lui, quoique la saison ne fût pas aussi belle qu'on l'eût souhaité.

Le travail de Minette en souffrit; alors elle
se donna tout entière aux soins du ménage :
c'était un délassement et un plaisir pour elle.

Les lettres d'Auguste égayaient le foyer; le
capitaine avait toujours quelque bonne histoire
à conter, mais ce qui charmait le plus ses

parents, c'est que les lettres de leur fils respiraient l'amour du devoir. Il arrivait cependant au capitaine de parler batailles à Minette, mais elle ne s'en inquiétait pas, car elle savait que son frère se plaisait à la taquiner, et d'ailleurs le vieux colonel l'avait rassurée.

Le succès qu'obtenait le jeune architecte le décida à se fixer en Anjou; et un an plus tard il épousait une jeune personne de bonne famille, Mlle Marguerite, qui était une petite cousine du vieux colonel; c'était déjà une grande qualité, mais elle en avait bien d'autres : Marguerite était belle et bonne, elle avait un caractère aimable et un esprit dénué de prétentions; elle était heureuse d'entrer dans une famille où elle était sûre de retrouver la simplicité dans laquelle elle avait été élevée.

La nouvelle du mariage de Marguerite fut comme un deuil dans le village voisin de l'habitation de ses parents : on l'appelait la Sœur de charité, parce qu'elle ne se contentait pas d'envoyer des secours, elle les distribuait elle-même; et au besoin elle servait les pauvres de ses mains; on disait même qu'il lui était arrivé, dans un cas pressant, de faire une saignée.

Tous ces détails ravissaient Minette. Oh! comme elles s'entendraient bien, sa future belle-sœur et

elle! Jamais le moindre nuage ne s'élèverait
entre elles.

Il y avait cependant quelqu'un dont le bonheur
laissait à désirer. Mme Lucet, tout en approu-
vant le choix de son fils, se demandait pourquoi
aucun parti ne se présentait pour Minette. Assurément, Marguerite était charmante, et possédait
toutes les qualités désirables; mais sa fille, lui
était-elle inférieure en quoi que ce soit?

Personne, en effet, ne recherchait Minette; il y
avait une bonne raison à cela : Mlle Minette
disait, à qui voulait l'entendre, qu'elle ne se ma-
rierait pas. Le colonel avait essayé de la convaincre qu'elle avait tort de s'obstiner à refuser
tous les partis, mais il ne la convainquit pas; et,
comme les raisons de Minette s'appuyaient sur
l'amour filial, il n'insista pas davantage.

Mme Lucet, qui aurait eu beaucoup à souffrir
de l'absence de sa fille bien-aimée, essayait cependant de lui persuader de suivre la voie commune. « Oh! se disait Minette, le cœur de ma mère
n'est pas d'accord avec son langage. Que devien-
drait-elle, cette mère chérie, sans sa Minette? »

Ce fut par un beau jour de juin que fut célébré
le mariage de Henri et de Marguerite. La nature
fit tous les frais de la fête : c'était l'époque de la
fenaison, l'air était parfumé, les pommiers en
fleur, et les jardins parés de ces belles roses

qui sont une des richesses de l'Anjou. Paysans et paysannes avaient arboré leurs plus beaux atours; la joie embellissait tous ces visages au teint basané.

Auguste était de la fête, bien entendu; et, si le congé qu'il avait obtenu à l'occasion du mariage de son frère fut de courte durée, il l'employa bien.

Auguste et Minette faisaient des promenades matinales, ils se reposaient sous les beaux ombrages et causaient intimement.

Quelles affaires avaient donc à débattre le frère et la sœur? L'avenir les occupait : Auguste songeait au mariage de Minette, et Minette songeait à celui de son frère. Mais, chaque fois que cette question revenait, la conclusion était la même, ils ne se marieraient ni l'un ni l'autre. Ils finiraient leur vie ensemble, ils cultiveraient de fleurs : aucun amateur du pays n'aurait de roses comparables à celles de leur jardin; on viendrait de loin pour les admirer et en respirer le parfum. Parmi ces roses, la *Rose Minette* serait connue de tous les amateurs, elle ferait la fortune de ceux qui l'auraient greffée.

La paix et la joie régnaient dans la famille Lucet; mais, quoi qu'en dît Minette, le bonheur complet n'est pas de ce monde. Mme Lucet, de plus en plus affaiblie, ne quittait presque plus le

Auguste et Minette faisaient des promenades matinales.

fauteuil que lui avait donné sa chérie, et c'était quelquefois une nécessité pour elle de s'y reposer une partie de la journée.

Minette abandonna encore une fois ses pinceaux pour s'occuper de sa mère et de la maison ; mais elle se soumit de si bonne grâce aux circonstances, qu'il fut impossible de soupçonner quel sacrifice elle s'imposait.

Le jour où un petit neveu, dont elle fut marraine, vint prendre rang dans la famille, elle sembla ne plus rien regretter.

L'aiguille remplaça la palette, par la raison que Minette ne quittait plus sa mère, qui sortait rarement et toujours au bras de sa fille.

Minette avait l'air si heureux, entre sa mère et son petit neveu, que personne ne songeait à la plaindre. L'enfant se trouvait si bien dans ses bras, qu'il ne voulait plus la quitter. Il avait deux mères, deux mères qui s'aimaient tendrement. Marguerite, très entendue aux soins du ménage, n'entreprenait pourtant rien sans consulter Minette, qu'elle appelait toujours du nom de *sœur*. On les citait, dans le pays, comme des modèles d'union fraternelle ; toutefois il y avait des gens qui ne croyaient pas à la sincérité de cette affection. Il ne faut pas s'en étonner : le doute, dans ces cas-là, est une des formes de la jalousie.

Il y avait longtemps que la cousine n'avait

donné de ses nouvelles, lorsque, un beau matin,
Minette vint dire à sa mère qu'une lettre de
Mme Bertran lui annonçait son arrivée. Elle revenait des eaux, et son médecin lui conseillait,
pour compléter les heureux effets du traitement,
un séjour à la campagne; mais elle redoutait
l'isolement qui l'attendait dans son beau château
de Touraine, et demandait l'hospitalité aux habitants de la *Prairie*, qui l'avaient déjà si bien accueillie. Minette fut heureuse de cette nouvelle,
puisqu'on aime toujours ceux auxquels on a fait
du bien, et tout le monde partagea ses sentiments.

La cousine fut bien reçue à la *Prairie*, chacun
s'efforça de lui être agréable, et d'ailleurs ses
habitudes, qui n'étaient plus celles du monde, la
rapprochaient de ses modestes parents. Mme Bertran convint avec elle-même qu'il ne lui manquait rien.

Chaque jour était marqué par une jolie promenade à pied ou en voiture. La voiture, il est
vrai, n'avait rien qui rappelât l'élégant landau
de la cousine; une bonne grosse jument remplaçait le bel attelage qui ne traversait jamais les
Champs-Élysées sans attirer l'attention.

L'entente la plus cordiale régnait donc à la
Prairie, lorsque tout à coup la paix fut troublée;
Nanette, qui jusqu'alors s'était montrée bien-

veillante pour la femme de chambre de Mme Bertran, changea subitement. Elle ne lui permettait
pas de toucher à une cafetière, elle avait toujours
besoin de la chaise sur laquelle l'autre était assise. Mlle Eugénie comprit qu'elle ne plaisait pas
à Nanette ; et, en fille d'esprit, elle n'entrait plus
à la cuisine qu'en cas d'absolue nécessité. Minette, qui n'ignorait rien de ce qui se passait
dans la maison, fit des reproches à Nanette, et
voulut savoir la cause de sa mauvaise humeur.

« Eh bien ! *Mam'selle*, puisque vous voulez le
savoir, je m'en vas vous le dire : ça m'agace
de voir une femme de chambre retroussée comme
sa maîtresse, *pouponnée*, et tout enfin.

— Tu es peut-être jalouse ?

— Jalouse ! bien sûr que non ! Je ne voudrais
pas être attifée comme ça.

— Eh bien, quoi que tu en dises, la jalousie
n'est pas étrangère à la mauvaise humeur. »

Pour toute réponse, Nanette se moucha forte-
ment, et retourna à ses fourneaux.

Les remarques de la cuisinière angevine ne
manquaient pas d'un certain bon sens ; mais
c'est aussi parce qu'elle n'en manquait pas,
qu'elle tint compte des observations de sa jeune
maîtresse ; et la paix, un instant troublée à la
cuisine, se rétablit peu à peu. La cousine se
montrait chaque jour plus aimable, je dirai

12

même plus satisfaisante; elle s'accommodait de
tout; et, vivant près de femmes laborieuses, elle
ne voulut pas rester oisive : se souvenant des
leçons de Minette et de sa gentille garde-malade,
elle voulut travailler à la layette que confection-
naient Mme Lucet et sa fille pour une pauvre
femme du village. Minette, touchée de la bonne
volonté de la cousine et ne voulant pas en abu-
ser, se leva, à un certain moment, en disant :

« Qui m'aime me suive !

— Où vas-tu donc, ma fille? demanda Mme Lucet.

— Je vais à la basse-cour, où je serai assurément la bienvenue. »

Cette visite à la basse-cour n'était qu'un prétexte charitable pour fournir à Mme Bertran l'occasion de laisser l'aiguille qu'elle avait prise avec
tant de zèle, mais qui la fatiguait visiblement.

Minette n'avait pas trop présumé du bon accueil de ses poules. Elle en fut aussitôt entourée,
et saluée par des *caquetages* qui n'auraient pas
permis au plus incrédule de douter de la joie que
causait cette visite.

Trois semaines plus tard, la cousine, étant suf-
fisamment reposée, prononça le mot de départ,
qui fut mal accueilli par ses hôtes; mais elle
persista dans sa résolution. La veille de son départ, Mme Bertran se promenait avec Minette,

elles admiraient les roses, et la jeune fille se
faisait un plaisir de nommer chaque espèce
qu'elle avait cultivée de ses mains.

« Je vous en ferai demain un bouquet, ma
cousine; mais à quoi pensez-vous donc? ajouta-
t-elle affectueusement en voyant l'air distrait de
Mme Bertran.

— Chère petite amie, je pense au bonheur des
personnes qui vivent loin du monde et qui savent comme vous, chère Minette, employer utilement leur temps. Mon séjour dans votre famille a complètement changé mes idées. Ah! si
je pouvais rompre avec ma société!

— Et pourquoi ne le feriez-vous pas, ma cousine? Ne pourriez-vous pas modifier vos relations
sans les rompre tout à fait?

— Peut-être; mais j'aurais des luttes à sou-
tenir, et je ne suis pas sûre de moi.

— Ma chère cousine, ayez plus de confiance en
vous-même, et permettez-moi de vous dire que
vous seriez bien vite oubliée : les amis mondains
ont la mémoire courte.

— Vous croyez, Minette?

— J'en suis certaine, maman m'a cité plus
d'un exemple de cette légèreté dont vous semblez
douter. Oui, ma cousine, les gens du monde
nouent facilement des liaisons qu'ils dénouent
de même.

« — Vraiment, Minette, mais on est si aimable pour moi! On accepte avec tant d'empressement mes invitations à dîner, on vient si assidûment à mes soirées!

— Ma bonne cousine, essayez : ne recevez pas l'hiver prochain, et vous aurez conquis votre liberté. »

Un coup de cloche et l'aboiement de Médor annoncèrent une visite : ces dames s'empressèrent de rentrer.

XIII

Faits divers.

Le visiteur était Auguste. Nanette, sur l'ordre
du capitaine, ne l'avait pas annoncé dès son
arrivée; il venait de passer une heure en tête-à-
tête avec ses parents. Qu'avait-il donc à leur dire
de si confidentiel? Est-ce que Minette était jamais de trop?

Oui, Minette et la cousine étaient de trop, car
la nouvelle qu'il apportait était de nature à
troubler Minette. Quelle que fût sa générosité,
elle n'apprendrait pas sans une profonde

émotion qu'Auguste venait demander le consentement de ses parents pour donner suite à une proposition de mariage.

Mais voici les promeneuses :

« Qu'est-ce qui me procure le bonheur de t'embrasser? demanda Minette à son frère; un changement de garnison, sans doute?

— Non, ma petite Minette, on te contera cela plus tard. Je me suis chargé d'une commission.... Mais qu'as-tu donc, Minette? Je vois des larmes dans tes yeux! »

A ces mots Minette n'essaya plus de retenir ses larmes.

Auguste prit le bras de sa sœur, et ils sortirent.

« Chère petite sœur.... »

Il s'arrêta; mais Minette dit : « Je pleure parce que je suis une égoïste.... J'espérais que tu ne me quitterais jamais,... et tu vas te marier.

— Qui te l'a dit?

— Je l'ai deviné en te voyant.

— Eh bien, ma chérie.... »

Minette ne le laissa pas achever.

« Sois tranquille, Auguste, je l'aimerai de tout mon cœur, dis-moi son nom.

— Louise.

— Oh! le joli nom, mon frère. Pardonne-moi

mes larmes, je suis tout de même contente; je n'aurai pas trop de deux sœurs à aimer, et puis, tu n'iras plus en Afrique : cela, c'est une vraie consolation, vois-tu. »

Pour toute réponse, Auguste embrassa Minette. Il voulut lui laisser l'illusion d'une espérance qui ne pouvait se réaliser, car Auguste était un vrai Français et un bon soldat, il aimait trop son pays pour renoncer jamais à le défendre et à contribuer à sa gloire.

Auguste allait faire partie d'une famille digne de la sienne; il y entrait donc le cœur léger, et sans arrière-pensée.

Minette, ordinairement si franche avec sa mère, ne lui dit rien du trouble que lui causait la nouvelle du mariage de son frère; elle crut même devoir affecter de l'entrain, qui ne trompa point ses parents.

« Pauvre chérie, pensait Mme Lucet, si tu persistes à ne pas te marier, ta vie sera bien triste quand, ton père et moi, nous aurons disparu. »

Le père et la mère s'accordèrent à penser que leur devoir était de rentrer immédiatement à Paris. Cette résolution contraria Minette, elle se plaisait tant à la *Prairie* ! L'hiver semblait se désarmer de ses rigueurs dans ce petit coin de terre; et puis, Minette y travaillait d'un si

grand cœur! En relations d'affaires avec quelques
riches étrangers, elle n'a plus le temps de laisser reposer ses pinceaux. Toutefois elle ne témoigna rien de ses regrets, et fit les préparatifs de départ avec un entrain qui ne laissa
pas soupçonner ce qui se passait en elle.

Nanette n'eut point de regrets à dissimuler.
Elle était enchantée de retourner à Paris, de
revoir des rues, des voitures, d'aller au marché,
et de renouveler connaissance avec d'anciens
fournisseurs. Mais la brave fille, sachant combien
ce changement était peu du goût de sa jeune
maîtresse, garda le silence.

Nanette ignorait que le silence est souvent
plus éloquent que la parole, surtout chez une
fille qui a la langue aussi bien pendue que l'était
la sienne.

La famille Lucet quitta l'Anjou par un beau
jour d'octobre, et le mariage d'Auguste fut fixé
pour la fin de ce même mois.

Personne, à l'exception d'une mère, ne pouvait se douter de ce qui se passait dans l'esprit
et dans le cœur de Minette.

Les futurs parents d'Auguste se félicitaient
chaque jour davantage de voir leur fille entrer
dans une famille dont l'union était une garantie
de bonheur.

Mme Lucet se disait que le contact du monde

avait une bonne influence sur sa Minette :

« Ne penses-tu pas, mon ami, disait-elle à son mari, que notre Minette semble avoir renoncé à être vieille fille, et que nous aurons le bonheur de la marier?

— Évidemment, répondait le père. Elle n'aime pas le monde, mais elle aime la société; si nous parvenons à l'entourer de personnes aimables et intelligentes, nous atteindrons notre but. »

Minette ne mettait aucun obstacle aux désirs de ses parents, elle les accompagnait dans leurs visites, elle faisait de jolies toilettes, elle s'intéressait à la conversation et donnait la meilleure idée de son esprit et de son jugement.

De toutes les connaissances que Minette retrouvait à Paris, aucune ne lui était aussi agréable que la cousine; et la cousine, de son côté, éprouvait pour Minette un sentiment de reconnaissance que le temps ne faisait qu'augmenter. La vie frivole qu'elle avait menée si longtemps lui apparaissait alors comme un rêve. Elle ne s'ennuyait plus; ses doigts avaient acquis une dextérité qui la surprenait elle-même. Les ouvrages de luxe, d'autrefois, étaient remplacés par des ouvrages utiles destinés aux pauvres. Aux écheveaux de soie multicolores avaient succédé le fil et la laine. Mme Bertran trouvait dans cette occupation un plaisir qu'elle n'avait jamais soupçonné. Minette la surprenait parfois admirant son propre ouvrage.

Jamais Mme Bertran ne se trouvait seule avec Minette sans lui répéter :

« Ma chérie, je te dois mon bonheur, je voudrais faire le tien.... Je voudrais te marier. Il est temps d'y songer;... permets-moi de grossir ta dot; je n'ai pas d'enfants, je te considère comme ma fille. »

Pour toute réponse Minette embrassait Mme Bertran, et disait en riant :

« Nous verrons cela plus tard. »

La cousine ne s'y trompait pas, ce « plus tard » était une formule de refus. C'est égal, pensait Mme Bertran, elle ne m'empêchera pas de payer ma dette de reconnaissance.

Le mariage d'Auguste fut une nouvelle occasion de faire voir aux gens tout ce que valait Minette. La famille de la jeune femme pressentait l'intimité qui régnerait entre les deux belles-sœurs. Que ne pouvaient-elles vivre sous le même toit! Mais Louise ne se séparerait de son mari que lorsqu'il serait sur le champ de bataille.

Quinze jours après le mariage, chacun était rentré chez soi.

Minette profita de son séjour à Paris pour s'inspirer des conseils de son maître de dessin;

et elle commença, sous sa direction, un travail qu'elle achèverait plus tard.

Mme Bertran et Mme Lucet continuaient à conspirer contre la liberté de Minette; mais, chaque fois qu'elles lui proposaient un parti, Minette trouvait des objections de nature à ne pas permettre de réplique.

Après un séjour de six mois à Paris, la famille Lucet reprit le chemin de l'Anjou.

Minette éprouva une sorte de délivrance en rentrant dans sa petite chambre et en y dressant son chevalet.

Nanette, si joyeuse d'aller à Paris, ne dissimula pas la satisfaction qu'elle éprouvait à revoir sa grande cuisine, à avoir ses aises, de la cave au grenier; et puis, elle avait tant de belles choses à raconter, et sans crainte d'être démentie en quoi que ce soit.

La seule personne qui eût souffert du séjour à Paris, c'était Mme Lucet, qui ne pouvait plus se passer de sa fille.

Minette remettait donc de jour en jour à reprendre son pinceau; car elle voyait bien que sa mère souffrait de ses moindres absences. « Que serait-ce donc, pensait Minette, si je me mariais? Oh non! je ne la quitterai jamais. »

La correspondance des belles-sœurs était très suivie. Le piéton était sûr d'être toujours le bienvenu. Nanette elle-même lui faisait bon accueil, quoiqu'il n'apportât jamais de lettre à l'adresse de Mlle Nanette Sureau; mais il lui racontait toutes les nouvelles qu'il avait récoltées chemin faisant.

Une année plus tard, Martin laissa sur la table de la cuisine une lettre qui contenait une *forte nouvelle* : la maison du capitaine retentissait des cris d'un marmot.

L'absence de Nanette, qui étendait un savonnage, retarda la lecture de cette lettre; ce fut seulement une heure après le départ du facteur que la famille en prit connaissance. Cette bonne nouvelle était accompagnée d'une autre qui avait bien aussi sa valeur : Auguste changerait prochainement de garnison, et Tours serait sa nouvelle résidence.

De Tours à Angers la distance est facile à franchir : on voisinerait; et, comme Auguste était aussi généreux que raisonnable, Louise et son poupon iraient se convaincre que l'air d'Anjou est aussi favorable aux enfants qu'à leurs mamans.

Cette perspective réjouit la bonne Mme Lucet, qui était fière de son titre de grand'mère. Oh! si elle n'était pas si loin de ses enfants, elle n'attendrait pas la visite qu'on lui promettait!

Minette se demandait tout bas, bien bas, si elle

aurait la patience d'attendre les visiteurs. Comme
elle aime déjà la petite Henriette! comme elle
va la dorloter! la calmer! lui faire de jolis petits
bonnets; Henriette sera brodée sur toutes les cou-
tures. Mme Lucet pleure de joie, ce qui ne l'empêche pas de songer que sa Minette chérie ne
sera jamais qu'une tante, après tout.

M. Lucet, dont la plume est connue et appréciée, se promet que sa petite-fille n'apprendra pas
à lire dans un autre alphabet que celui qu'il
médite et qu'il lui dédiera! Nanette ne parle et
ne rêve que bouillie.

Ce grand événement ranima Mme Lucet :

« Je me sens plus forte, dit-elle à sa fille, re-
monte à ton atelier, ma chérie, profite des
beaux jours ; et peut-être irons-nous surprendre
Louise. »

Assurément ce propos était bien fait pour
réjouir Minette ; et cependant elle aurait pré-
féré recevoir Louise et la *petite*. L'hospitalité a
des droits auxquels Minette n'était pas disposée
à renoncer : elle surveillerait Louise, elle s'op-
poserait à toute imprudence, la *petite* serait
plus à elle; mais à ces pensées en succédait
une autre plus généreuse : Auguste ne resterait
pas seul.

Minette reprit donc son travail, et s'y absorba
tellement, qu'elle s'étonnait de la rapidité avec

laquelle les jours s'écoulaient; enfin, les hôtes si
vivement désirés s'annoncèrent au commencement du mois de juillet. Cette époque avait été
fixée par les deux sœurs afin qu'il y eût réunion
complète pour le jour de la fête de Henri. L'architecte secouerait la poussière dont il était toujours
plus ou moins couvert, et viendrait se reposer
à la *Prairie* avec sa femme et son enfant. Quelle
joie! quelle fête! « Oh! disait Minette, je suis sûre
qu'il n'y a pas de cœurs aussi joyeux que les
nôtres, dans tous ces beaux châteaux d'Anjou! »

Les chambres destinées aux *Auguste*, comme
disait Minette, furent prêtes huit jours d'avance.
C'était pour elle un délicieux plaisir d'y passer
le plumeau, de s'assurer qu'il n'y manquait rien.

Non seulement tout y était, mais il y avait
du superflu, et Minette tenait en réserve une
trompette qu'elle utiliserait pour charmer son
petit hôte et calmer ses cris, s'il était nécessaire. Enfin, les voici! La petite Henriette dort sur
les bras d'une vigoureuse paysanne de Rochecor-
bon. Oh! que cette enfant est jolie! quelle bouche
mignonne! Aussitôt chacun trouve une ressemblance : elle ressemble à son grand-père, dit
l'un; elle ressemble à Minette, dit Auguste; et il
fait signe à ses parents de ne pas le contredire,
car il voit combien Minette est flattée d'entendre
dire que le marmot lui ressemble.

Ninette tenait en réserve une trompette.

Le désordre règne dans la maison; mais personne ne s'en plaint; d'ailleurs Minette veille à tout : Louise est installée comme une reine; le moindre de ses désirs est deviné, et aussitôt réalisé.

Auguste, qui avait craint un instant de voir son bonheur jeter un reflet de tristesse sur le doux visage de Minette, constatait chaque jour combien la présence de sa femme et de son enfant avait une heureuse influence sur cette sœur bien-aimée. Mais où sont donc les Henri qu'on s'apprête à fêter? Hélas! ils sont encore chez eux, Marguerite a eu le bonheur de recevoir pour la première fois ses parents, qui, heureux de voir leur fille si confortablement établie, ne sont nullement pressés de la quitter. Minette, pour la première fois peut-être, regrettait que la *Prairie* n'eût pas les dimensions d'un château, afin de ne pas séparer sa belle-sœur de ses parents. Mais Minette s'était trop vite désolée; quelques jours plus tard, les parents de Marguerite étaient rappelés chez eux, et le jeune ménage ne perdit pas un instant pour annoncer son arrivée. Il était temps, car il eût été bien triste de célébrer la Saint-Henri sans eux.

Enfin les voici : tout le monde est heureux.

Tant de bonheur ne rend pas Minette égoïste : en voyant ses chers parents si entourés dans leur

13

modeste maison, elle songe à l'isolement de *la pauvre cousine*, qui est seule dans son grand château. « Si nous l'invitions, se dit Minette, je lui donnerais ma chambre, et je m'installerais dans notre jolie mansarde, où le soleil serait mon réveille-matin. »

Minette soumit aussitôt cette généreuse pensée à ses parents, qui l'accueillirent de grand cœur, en admirant la générosité de leur fille.

Minette écrivit donc à Mme Bertran qu'il y avait une réunion de famille à la *Prairie*, et que son devoir était de s'y rendre le plus tôt possible.

La réponse ne se fit pas attendre, et Minette disposa tout pour recevoir sa cousine. La cousine fut bien accueillie par toute la famille; Nanette elle-même se montra digne de ses maîtres.

La *Prairie* n'avait rien à envier à aucun des châteaux de l'Anjou : dîners somptueux, bals, chasses, comédies ne pouvaient rivaliser avec ces journées si paisibles et si utilement employées.

Oh! les bonnes heures de repos passées sous les ombrages, où les hommes causaient tandis que les femmes travaillaient. Le *berceau* de la petite, protégé par un voile épais, est là, et, dès que l'enfant s'éveille, la mère la prend dans ses bras et lui donne ce qu'elle demande dans son langage. Les enfants de Henri prennent leurs ébats entre Marguerite et Minette.

Le vieux colonel est seul admis à ces réunions de famille. Louise n'aime pas ce vieillard, qui ne parle que de guerres et de naufrages; mais l'intérêt que prend son mari à ces conversations lui fait un devoir de dissimuler ses impressions.

Lorsque Mme Bertran se trouve seule avec Minette, elle lui dit combien elle est heureuse au milieu d'eux tous :

« Tu es mon bon ange, ma chérie; que pourrais-je donc faire pour toi? veux-tu que nous allions en Italie? »

Minette témoigne une antipathie qu'elle n'éprouve pas pour les voyages; il lui faut l'air du pays, elle est convaincue que le soleil d'Italie la tuerait.

« Restons, restons ici, dit Mme Bertran, car il y a des pressentiments qu'il faut respecter. »

Lorsque Minette est seule, elle se dit :

« Oh oui! un voyage en Italie, ce serait charmant! mais quitter ma mère, et ne pas les voir tous, serait une épreuve au-dessus de mes forces. Et puis, nous sommes si heureux ici! qui sait si Auguste ne viendra pas en garnison à Angers? oh! alors, la *Prairie* ne laisserait plus rien à désirer. »

Louise et son petit enfant se trouvent fort bien de leur séjour en Anjou.

Le temps passe vite lorsqu'on est heureux. La

famille fut donc très surprise lorsque Auguste
annonça que son congé était expiré et qu'il était
forcé de rejoindre son régiment.

Les gens raisonnables ont moins à souffrir
que ceux qui ne le sont pas. On convint donc de
se quitter courageusement, puisqu'il le fallait
absolument. Mais les plus beaux raisonnements
n'adoucissent pas l'amertume de la séparation,
et, au jour fixé par le capitaine, il y eut des
larmes furtivement essuyées. Qui n'a pas souffert du vide que laisse dans la maison le départ
d'hôtes chéris! Le plus petit des hôtes de la
Prairie manquait à toute heure à ses parents :
on regrettait son sourire, ses petites malices, et
même ses cris.

Mme Lucet essayait en vain de donner le bon
exemple : sa physionomie démentait ses paroles.
Minette parlait du bonheur qu'on aurait à se retrouver; et puis, serait-il absolument impossible
d'aller à Tours? la politesse n'exige-t-elle pas
qu'on rende visite à ceux qui nous ont pré-
venus?

Mme Lucet était de l'avis de sa fille; ce n'était
pas seulement pour voir ses enfants qu'elle appuyait le projet de Minette : le désir de la marier
était devenu son idée fixe. Elle pensait que, si
Minette passait quelque temps chez son frère,
elle y serait appréciée comme elle méritait de

l'être, et qu'un Tourangeau aurait peut-être l'esprit de l'épouser.

Quoi qu'il en soit, ces beaux projets disparurent avec la chute des feuilles; l'automne fut froid; on entendait parler de barques perdues, de pêcheurs noyés; la voix lugubre de la bise rendait encore plus poignant le récit de tous ces désastres. Dès lors Mme Lucet ne quitta plus le coin du feu; elle ajourna ses projets d'elle-même, sans qu'on fût obligé de l'influencer.

À l'automne succéda un hiver rigoureux, et la misère fut grande; on venait de trois lieues à la ronde frapper à la porte de Mme Lucet. Cette porte s'ouvrait toujours; mais les secours n'étaient en rapport ni avec les besoins de ceux qui demandaient, ni avec la charité de ceux qui donnaient. Dans l'espace de quinze jours, Minette avait épuisé son petit trésor; et ses mains habiles ne pouvaient fournir de vêtements à tous ceux qui en demandaient.

Un matin, Minette revenait de la petite église du village voisin, songeant aux malheureux qu'elle venait de visiter, lorsqu'elle rencontra le piéton, qui lui remit une lettre de Paris. Cette lettre était de Mme Bertran, qui disait simplement à Minette :

« Je te prie de me dire ce que je pourrais t'offrir pour tes étrennes. »

Minette n'en lut pas davantage, elle dit au piéton :

« Venez à la maison, vous déjeunerez pendant que je répondrai à la lettre que vous venez de me remettre; il s'agit d'une affaire importante. »

Minette est assise devant sa petite table, elle prend la plume; elle n'hésite pas à demander un secours pour les malheureux qu'elle visite chaque jour, et qu'elle a la douleur de quitter sans avoir pourvu à tous leurs besoins.

Nanette, pendant ce temps, sert un bon déjeuner au piéton, et ne laisse pas languir la conversation.

« Voici la lettre, Michel. »

Le piéton part, Minette ne doute pas que sa cousine ne réponde généreusement à la demande qu'elle lui adresse; elle a bien raison de n'en pas douter : Mme Bertran lit avec émotion la lettre de sa jeune amie, puis elle ouvre immédiatement son secrétaire, y prend un billet de mille francs, qu'elle va elle-même recommander à la poste. La cousine était radieuse; mais elle en voulut un peu à Minette d'avoir attendu si longtemps pour disposer de sa bourse en faveur des pauvres. Sa physionomie a pris une expression de bonheur; parfois un sourire se jouait sur ses lèvres, car elle suivait, par la pensée, le *piéton*, elle assistait à son arrivée à la *Prairie*, et jouissait de la surprise et de la joie de Minette.

« Pourquoi, se disait Mme Bertran, n'ai-je pas de ces idées-là, moi? Chère petite Minette, que je t'aime, et que je respecte tes cheveux dorés! »

Minette, munie de la lettre de la cousine, court chez sa mère, qu'elle n'avait pas consultée pour solliciter la charité de Mme Bertran, mais l'heureux résultat de sa démarche lui ôtait toute crainte d'être blâmée; et puis, sa mère l'eût-elle blâmée, qu'elle l'aurait généreusement supporté. Mme Lucet et Minette ouvrent la lettre et en retirent le billet de mille francs. La mère et la fille se regardent.

« Chère enfant, dit Mme Lucet, tu es l'ange du pays; la misère de nos pauvres va être largement soulagée. Chère cousine! son cœur n'attendait que l'occasion de s'ouvrir. Donne-moi ton trésor; dès demain nous calculerons ensemble comment nous devons l'employer. »

M. Lucet, informé de ce qui se passait, ne voulut pas rester étranger aux remerciements que Minette allait adresser à Mme Bertran.

« Vous sauvez notre pays, lui écrivit-il : cette laborieuse population est hors d'affaire. »

A partir de ce moment, Minette négligea tout à fait son pinceau; elle allait et venait sans cesse de la maison au village, et du village à la maison; elle écoutait ses *clients* et s'appuyait sur l'expérience de sa mère pour secourir tous ceux qui sollicitaient ses conseils et sa charité.

La misère, qu'on avait redoutée, se trouva écartée. M. Lucet organisa des secours, qui sauvèrent de la maladie et du découragement cette honnête et laborieuse population. Mme Bertran ne ferma pas sa bourse, et Minette y puisa toutes les fois que le besoin s'en fit sentir.

XIV

Après la victoire

Deux années se sont écoulées, et c'est encore
à la *Prairie* que nous retrouvons la famille Lucet.

La cousine Bertran reste peu de temps en
Touraine ; elle vient chaque année chez ses parents, qui ne savent plus se passer d'elle.

La petite Henriette court partout ; elle s'arrête
souvent devant un berceau où dort son petit
frère ; elle lui parle, et se fâche de ne pas obtenir
de réponse ; on a beau lui dire qu'elle a été
aussi petite que lui, elle ne veut pas le croire.

Minette a abandonné son atelier, les deux enfants l'absorbent entièrement.

Les enfants du village l'aiment aussi; dès qu'ils l'aperçoivent, ils accourent, l'entourent; c'est à qui sera embrassé par Mlle Minette. Elle s'informe de la sagesse de chacun; et, s'il y a un désobéissant parmi eux, il se sauve, il se cache.

Mme Lucet accompagne quelquefois sa fille au village. Qu'elle est heureuse de la voir ainsi entourée de ces petits enfants, dont la plus douce récompense est de recevoir ses caresses! M. et Mme Lucet ne songeaient plus à marier leur fille. Ils se demandaient comment les gens du village et eux-mêmes pourraient se passer d'elle.

Cette année-là on n'avait point à subir les variations de la température. La saison était exceptionnelle. A la *Prairie* comme ailleurs, bourgeois et paysans habitaient peu la maison; la douceur de l'air était telle, que le berceau du petit avait sa place sous la charmille où *Mlle Henriette* était établie avec son ménage, et faisait, à l'en croire, d'admirables dînettes.

Toute la famille, à l'exception du petit, restait dehors tant qu'on apercevait le soleil à l'horizon.

Un soir, Henriette rentra à la maison en disant : « Je reviendrai demain, et je ferai encore un bon dîner ». Mais la chère petite ne devait pas revenir le lendemain. Son petit lit était à côté de sa tante *Mimi*, comme elle l'appelait, et jamais le sommeil de Minette n'avait été troublé par l'enfant. Mais, la nuit qui succéda à cette belle journée, la tante fut éveillée en sursaut par la toux étrange de la petite Henriette. Minette conçut aussitôt une vive inquiétude; elle appela mère et grand'mère à son secours.

Minette avait dit jadis : « Le bonheur ne s'arrête pas quand il est en train »; mais, quand il fut constaté que l'enfant avait le croup, Minette se dit : « Je me suis trompée : il a rebroussé chemin ».

« Que deviendrons-nous, pensait-elle, si nous perdons cette enfant chérie? »

Que de gens auraient pu lui répondre : « Vous pleurerez; vous direz que vous ne vous consolerez jamais; mais, tout en ayant le cœur brisé, vous aurez encore des sourires pour d'autres enfants ».

Cependant, le malheur dont on avait été menacé s'éloigna; la convalescence de la chère Henriette ramena la sérénité sur tous les visages.

Le départ de Louise et de ses enfants laissa un grand vide dans la maison. Minette en aurait moins souffert si elle avait pu reprendre ses pinceaux, mais sa mère ne pouvait absolument plus se passer d'elle; c'est en vain que Minette lui propose de venir à l'atelier; la

bonne mère ne se plaît qu'à sa place habituelle, dans son coin, d'où elle voit aller et
venir les passants, et, quoiqu'ils ne soient pas
tous de sa connaissance, elle trouve du plaisir
à les voir passer.

A partir de ce moment, Minette comprit
qu'elle devait faire le sacrifice complet de son
travail. La généreuse fille s'y soumit, et l'atelier
fut fermé. Elle ne dit à personne combien il
lui en coûtait de renoncer à son travail, et
personne ne put le soupçonner. Les travaux de
M. Lucet l'obligeaient à s'absenter de temps à
autre. Il n'était plus question d'aller passer
l'hiver à Paris. La cousine Bertran offrait bien
l'hospitalité à ses parents, mais on ne put
accepter son invitation.

Le colonel ne sortait plus de chez lui, même
par les plus beaux jours; mais il remplaçait ses
visites d'autrefois par de longues et aimables
lettres qui étaient, comme il le pensait bien, une
distraction et parfois une consolation.

Toutes les personnes qui voyaient Minette
admiraient sa bonne humeur; Nanette seule
en voulait presque à sa maîtresse.

« Aurait-on pas cru, pensait-elle, que sa vie
dépendait de son travail! Et maintenant il
n'en est plus question! Ah bien! moi, si mes
casseroles et mes cafetières m'étaient ôtées,

j'en mourrais d'ennui, ni plus ni moins. »

Les vendanges amenèrent M. Lucet en Anjou, il revenait avec un beau volume illustré de main de maître, et dont le texte assurait le succès.

Son arrivée ranima la maison; il s'était arrêté à Tours, et il en rapportait de bonnes nouvelles : Louise et ses enfants étaient en parfaite santé.

Le voyageur parla de tout ce qui pouvait intéresser sa femme et sa fille; mais il ne leur dit pas que des bruits de guerre circulaient à Paris, et qu'Auguste espérait bien que, si ces bruits se confirmaient, son régiment partirait. M. Lucet ne leur dit pas non plus qu'il était loin de partager l'enthousiasme de son fils pour la guerre, et que jamais il n'avait été aussi grand partisan de la paix.

Un jour que Minette se promenait avec son père, elle lui dit :

« Vous nous cachez une mauvaise nouvelle, papa; vous n'avez pas votre air habituel.

— Ma fille, il y a des jours où chacun de nous est plus ou moins bien disposé.

— Je le sais, cher père; mais vous avez une égalité d'humeur à toute épreuve. Dites-moi la vérité, mon bon père; ne suis-je pas capable de l'entendre?

— Je n'en doute pas, ma Minette chérie. Eh bien, il n'est pas impossible que le régiment de ton frère soit rappelé en Algérie.

— Et il en serait content, lui!... Mais que dit la chère Louise?

— Elle dit que la femme d'un militaire doit avoir du courage, et qu'une Française ne peut pas être indifférente à la gloire de son pays. Mais, malgré la générosité de son langage, reprit M. Lucet, on voyait bien qu'elle était émue.

— Je le crois, dit Minette; mais que dit-elle des sœurs qui ont des frères militaires? »

M. Lucet allait répondre à la question de Minette, lorsque sa femme vint les rejoindre et leur dit :

« Que pouvez-vous donc tant avoir à vous dire depuis que vous m'avez quittée?

— Les voyageurs, dit Minette, ont toujours quelques faits divers à communiquer à ceux qui, comme nous, sont sédentaires, et d'ailleurs ne nous trouvez-vous pas sur le chemin du retour? » répondit Minette.

Mais le piéton ne distribue pas seulement les lettres, il colporte les nouvelles bonnes ou mauvaises.

Ce fut lui qui apprit à Nanette que l'on allait avoir la guerre.

« Pourvu, ajouta le piéton, que votre officier n'en soit pas! »

Nanette garda le secret, quoiqu'il lui en coûtât beaucoup. M. Lucet était tenté de le regretter, car il ne se sentait pas le courage d'annoncer lui-même une si triste nouvelle à sa femme. Ce fut Auguste qui s'en chargea. Deux heures plus tard il arrivait avec sa femme et ses enfants. Mme Lucet jeta un cri de joie en les voyant entrer.

« Quelle bonne surprise! dit-elle. Tu changes sans doute de garnison, et tu nous confies tes trésors?

— Oui, ma mère, répondit Auguste; mon régiment part dans trois jours pour Marseille, et je vous laisse Louise et les enfants.

— C'est une bonne idée, mais tu seras bien loin de nous!

— Sans doute; cependant convenez que nous avons été gâtés jusqu'ici.

— C'est vrai, je ne veux pas me plaindre. »

M. Lucet et sa fille étaient d'accord pour cacher la vérité le plus longtemps possible à la pauvre mère, qui oubliait que tôt ou tard son fils devait payer sa dette à la patrie.

M. Lucet trouva prudent d'éviter les visites des voisins; on convint que le moyen le plus sûr était de quitter la maison.

On avait souvent projeté d'aller à la Beau-
mette, vieux prieuré perché sur un rocher, d'où
l'on découvre la ville et de magnifiques prairies.

Comme l'avaient pressenti M. Lucet et ses
enfants, plusieurs voisins s'empressèrent de
venir faire visite à la *Prairie;* ils ne trouvèrent
que Nanette et la petite fille d'Auguste, mais ils
échangèrent quelques paroles avec la vieille Nanette, qui pleurait et se lamentait; après quoi ils
s'en retournèrent chez eux.

Ordinairement la petite fille d'Auguste se
plaisait beaucoup dans la société de Nanette;
mais celle-ci n'était pas d'humeur à chanter.
Persuadée cependant que la petite ne comprenait
rien à ce qu'elle racontait à tous les allants et
venants, elle eut la sottise de leur dire que le
capitaine allait partir pour la guerre.

De cette nouvelle, la petite n'avait compris
qu'une chose : c'est que son papa allait partir.
Ce papa qui la prenait dans ses bras et la faisait
sauter. C'était assez; la petite pleurait et disait :
« Petit père pas partir. »

Nanette avait beau dire : « Non, petit père pas
partir », l'enfant continuait à se désoler.

Nanette, si habile à la distraire, n'y parvint
pas cette fois, et, lorsque les promeneurs furent
de retour, l'enfant tendit les bras à son père en
disant :

« Petit père pas partir! »

Tout le monde se regarda.

« Qui lui a dit que mon fils allait partir? » demanda M. Lucet.

A ce moment parut Nanette qui s'essuyait les yeux avec le coin de son tablier.

« C'est moi, dit la pauvre fille. Je croyais qu'elle ne comprendrait pas, mais elle est si rusée et elle aime tant son père!... »

Nanette n'en dit pas davantage, elle se sauva. L'enfant était toujours dans les bras de son papa, la tête appuyée sur son épaule, redisant : « Petit père pas partir ».

La famille fut d'avis de ne plus dissimuler; et à la prière de Mme Lucet on lui dit la vérité.

« Cher enfant, dit-elle à Auguste, chacun de nous a son devoir à remplir; le tien est d'aller exposer ta vie sur un champ de bataille : pars donc et sois béni!... La vue de tes enfants nous donnera du courage. »

A la suite de cette petite scène on reprit confiance. Chaque courrier d'Algérie apporterait des nouvelles : ce qui n'était guère probable, mais les illusions sont parfois nécessaires.

Le jour des adieux arriva; celui qui partait n'essaya pas plus que ceux qui restaient de dissimuler son émotion.

Nanette égaya cette scène des adieux en récom-

14

mandant au capitaine de ne pas s'exposer; mais celui-ci ne pouvait prendre un pareil engagement.

Le capitaine a disparu, et la maison eût été bien triste sans la présence des enfants. Le petit frère accablait de questions sa petite sœur, et Henriette ne refusait pas d'y répondre; ces réponses ne permettaient pas aux parents de garder leur sérieux. On ne disait plus à l'enfant qu'elle était bavarde, on l'encourageait même à bavarder. La première lettre portant le timbre de l'Algérie fut un événement auquel s'intéressa tout le pays.

Grâce à la présence de Louise et à la bonne entente qui régnait entre les deux belles-sœurs, Minette put reprendre ses occupations, mais non pas avec la même assiduité qu'autrefois. Mme Lucet devenait exigeante, et c'est en vain que sa belle-fille lui offrait son bras pour la conduire à l'église ou chez une voisine.

Minette faisait l'admiration des mères; si quelqu'un exprimait encore le regret qu'elle ne se fût pas mariée, une bonne grand'mère disait :

« Mais que deviendrions-nous sans nos filles? elles sont nos anges gardiens ; à commencer par le vieux Michel, ce pauvre aveugle qui ne veut plus être conduit par un chien depuis que Faraud, s'étant battu avec un dogue, a été tué. Il y a deux ans de cela. Eh bien, la bonne Christine, ne pouvant

pas faire changer son père de résolution, a pris
la place de Faraud. Que c'est beau! une mère de
famille pourrait-elle faire cela? Et Mlle la comtesse, qui a renoncé au mariage depuis la mort
de sa mère; elle console son père et instruit sa
petite sœur. Moi, je ne sais pas lire, disait la
bonne vieille, mais je m'y connais en bien des
choses, et je dis que ces demoiselles-là valent
mieux que nous. »

Par malheur personne n'était capable de faire
comprendre à la bonne femme que le dévouement,
quel qu'il soit, est toujours digne d'admiration.
Des bruits de bataille venaient de temps à autre
troubler la paix des familles, et ils résonnaient
tristement, nous devons l'avouer, aux oreilles des
habitants de la *Prairie*. Mais les gens raisonnables souffrent moins que ceux qui ne le sont pas:
parents et enfants se résignent donc et supportent
de leur mieux l'absence du capitaine, bien qu'on
soit impatient de le revoir et de l'entendre. Cependant cette merveilleuse patience s'usait chaque
jour, car ce ne fut qu'un an plus tard que le régiment d'Auguste fut désigné pour rentrer en
France. Que de familles se réjouissent, tandis
que d'autres ne peuvent pas prendre part à cette
joie!

La guerre n'est malheureusement pas le seul
ennemi qu'on rencontre en Algérie: le climat,

lui aussi, est un ennemi redoutable. Jusqu'alors
les lettres du capitaine s'étaient succédé régulièrement; et toutes parlaient du bonheur de se
revoir prochainement; mais trois courriers ont
manqué. On ne savait que penser; cependant cette
incertitude fut de courte durée. On apprit bientôt
que la fièvre retenait plusieurs officiers à l'ambulance, et l'on craignait avec raison qu'Auguste
ne fût du nombre de ceux-là. En effet, notre
capitaine était parmi les victimes de cette épi-
démie; mais il était l'objet de soins intelli-
gents et affectueux, et, comme il ne pouvait pas
donner de ses nouvelles à sa famille, le major,
qui s'était attaché à ce jeune homme, lui proposa
d'écrire à son père. Auguste accepta avec empressement et reconnaissance. Le piéton apporte
enfin la lettre si impatiemment attendue : le
timbre est bien celui de l'Algérie, mais l'écriture n'est pas celle d'Auguste.

La main de M. Lucet tremble en décachetant
cette lettre; il lit, et reste atterré, en dépit de l'espérance que lui donne le major.

« Pauvre cher enfant, se dit-il, tu es perdu. »

Minette est frappée du trouble de la physionomie
de son père.

« Qu'est-il arrivé? demande-t-elle.

— Un malheur, ma fille, mais ce malheur n'est
pas irréparable, espérons-le. »

Mme Lucet et Louise, qui avaient aperçu le piéton, s'empressèrent de venir.

« Parlez vite, mon père », dirent ensemble Minette et Louise.

Pour toute réponse, M. Lucet remit la lettre à sa fille. Minette, l'ayant lue, dit en s'essuyant les yeux :

« Quel bonheur que le médecin soit son ami !

— Minette, dit Mme Lucet, le mot de bonheur n'est pas à sa place ici.

— Eh bien, quelle consolation, ma mère !

— Oui », répondit Mme Lucet sans pouvoir ajouter un mot de plus.

Le lendemain de cette triste journée, Louise dit à sa belle-sœur :

« Je n'ai pas dormi ; et, lorsque je fermais les yeux, je voyais notre cher Auguste s'agiter sur son lit d'ambulance. Minette, tu es raisonnable, et tu as du cœur ; tu ne seras donc pas surprise de ma résolution. Le premier paquebot qui partira pour l'Algérie m'emmènera. Ma résolution est inébranlable : n'essaye pas de la combattre.

— Je n'y songe pas, chère sœur, je te remercie d'avoir eu une si bonne pensée. Pars, vole et ramène-le. Que je serais heureuse de t'accompagner !

— Que je serais heureuse, moi, de t'emmener !

— C'est impossible, Louise; mon devoir est de
rester ici, de soigner, de consoler ma mère, et
de garder nos trésors. »

Louise annonça elle-même à M. et à Mme Lucet
la résolution qu'elle avait prise. La mère d'Auguste n'essaya pas de combattre ce généreux
projet.

« Allez, allez, dit-elle : votre vue suffira pour
le guérir. Ma Minette m'aidera à supporter votre
absence. »

A partir de ce moment il ne fut plus question
que du départ de Louise et de M. Lucet; car il
voulut accompagner sa belle-fille du moins jusqu'à Marseille. Huit jours plus tard elle s'embarquait donc avec la nourrice d'Henriette, après
avoir fait de tendres adieux à M. Lucet, qui à son
retour à la *Prairie* fut accablé de questions aux-
quelles son émotion ne lui permettait pas toujours de répondre. Minette y suppléait en disant :
« Maman va chercher papa ». Cette espérance,
acceptée par les petits enfants, mit fin aux larmes
de Henri et de sa petite sœur.

Mme Lucet et Minette dominèrent à peu près
leur émotion; mais personne n'essaya de faire
entendre raison à la vieille Nanette, qui considérait déjà les enfants comme orphelins; et il
faut lui savoir gré d'avoir en cette circonstance
gardé pour elle ses tristes pressentiments.

Huit jours plus tard elle s'embarquait.

La traversée fut heureuse, et après quelques jours de mer le paquebot entra dans le port d'Alger. Louise a beaucoup souffert, mais elle se remet en voyant venir à elle un inconnu dont la physionomie est sympathique et bienveillante : c'est le médecin qui, prévenu de l'arrivée de la jeune femme, venait à sa rencontre pour la rassurer.

Après quelques mots de remerciements, Louise demanda au major de la conduire immédiatement à l'ambulance.

« A l'ambulance, madame, vous n'y trouveriez pas celui que vous cherchez. Ma femme a voulu que le capitaine passât sa convalescence sous notre toit; et, comme votre mari est aimé de ses chefs, nous avons obtenu, sans difficulté, de le faire transporter dans notre maison, puisque je jugeais que ce changement était utile à notre cher malade. »

Louise ne put articuler un seul mot, elle répondit au docteur par un de ces regards qui remplacent la parole. La femme du major reçut Louise comme sa propre fille, et bientôt Auguste et Louise étaient dans les bras l'un de l'autre.

Lorsque la voyageuse fut remise de son émotion, le docteur reprit son autorité : Auguste devait garder le silence, et Louise irait se reposer. L'ordonnance parut rigoureuse aux

jeunes gens, mais ils ne songèrent pas à s'y
soustraire.

Auguste n'était pas absolument sûr d'être
éveillé la première fois qu'il sortit avec sa
femme.

Quelles douces causeries! que de questions!

Cependant le major ne parlait pas de départ. Il ne fallait pas compromettre l'heureux
résultat qu'on avait obtenu : une traversée
orageuse aurait pu nuire au convalescent. La
prudence était d'absolue nécessité.

La présence de sa femme, à en croire le
médecin, était bien capable de donner du
courage et de la patience au capitaine.

« Mais, pensait Auguste, ma mère et ma sœur
comptent les jours; elles sont rassurées sur ma
santé, cependant ce n'est pas assez. Et mes petits enfants!... »

Ces petits enfants commençaient à trouver le
temps long. Les contes que leur faisait tante
Mimi n'avaient plus d'influence sur eux; ils
demandaient chaque matin si papa et maman
étaient arrivés.

Un jour, Henri dit à sa petite sœur : « Puisqu'il y a un chemin pour aller où est papa,
allons-y, Mimi.

— Je le veux bien, mon frère; mais où est ce
chemin?

— Nous le demanderons au facteur, qui connaît tous les chemins.

— Mais il ne connaît peut-être pas celui-là?

— Oh! alors nous ferons bien d'attendre; grand'mère et tante disent que le meilleur moyen de faire arriver bien vite papa et maman, c'est d'être sages.

— Crois-tu ça, Auguste?

— Oui, puisque grand'mère et tante le disent.

— Eh bien, soyons sages; mais ce n'est pas toujours amusant d'être sage. »

Le retour, qui semblait devoir être prochain, fut ajourné, au grand regret du capitaine et de sa femme; toutes leurs instances furent inutiles.

« Non, disait le brave major, je ne veux pas risquer de compromettre la convalescence de notre cher capitaine. Mais je comprends que notre hospitalité ne soit plus suffisante; vous allez habiter une jolie maison bien abritée du soleil, et rafraîchie par une citerne. Il vous sera facile alors de prendre patience : car, si la douleur fait paraître les jours plus longs, le bonheur en abrège la durée. »

Assurément Auguste et Louise eussent été heureux de faire leur volonté; mais il y a tant de douceur à se sentir protégé, dirigé par un ami, qu'en dépit de leur impatience les jeunes gens se soumirent de bonne grâce au conseil du docteur.

La maison qui leur fut indiquée était une des plus agréables de la ville, et, l'eût-elle été moins, Auguste et Louise ne s'en fussent pas aperçus : leur réunion sur cette terre étrangère était comme un rêve. Les lettres de Louise aux chers absents n'apportaient pas moins de joie qu'eux-mêmes n'en ressentaient.

Chaque jour était marqué par une promenade, et Auguste reprenait peu à peu ses forces.

Un jour, Louise trouva la nourrice tout en pleurs.

« Que t'est-il donc arrivé, ma bonne Suzanne?

— Madame ne le devinerait jamais, je vais le lui dire : croirait-on que ce vilain moricaud qui vient quelquefois ici, faire les commissions du major, m'a proposé de m'épouser! N'est-ce pas affreux!... J'ai cru voir le diable à mes côtés.... Je me suis renfermée dans ma chambre; et, si je n'avais pas reconnu la voix de madame, je serais plutôt morte de faim que d'ouvrir.

— Allons, allons, Suzanne, calme-toi : avant quinze jours, nous serons rentrés chez nous.

— C'est-y dommage qu'il faille encore aller sur l'eau!

— Si tu épousais le brosseur du major, tu n'aurais pas cet ennui-là.

— Je sais bien que madame plaisante; mais,
c'est égal, ça me fait quelque chose d'entendre
dire ça.

— Allons, Suzanne, ne parlons plus de ce Bé-
douin : il ne viendra plus ici. »

Il était temps de songer aux préparatifs du
départ; le même bateau qui avait amené nos Angevins allait les ramener en France.

Le jour du départ est enfin arrivé : le major et
sa famille témoignent une véritable sympathie
aux voyageurs; les recommandations ne leur
manquèrent pas plus que tout ce qui pouvait
leur être utile ou agréable.

L'intérêt remplaçait la curiosité habituelle en
semblable circonstance : beaucoup de Français
étaient sur le port pour saluer un compatriote
qu'on avait craint de perdre, et qui retournait
en bonne santé dans la mère patrie.

Auguste ne connaissait pas le mal de mer;
après quelques moments de douce conversation
sur tout ce qui venait de se passer, il s'endormit
profondément, tandis que Louise essayait en
vain de suivre un si bon exemple.

Quelques passagers s'amusèrent à faire causer
Suzanne, qui ne se fit pas prier pour satisfaire
leur curiosité, et ne manqua pas de parler de
la conquête qu'elle avait faite à Alger.

La mer est calme, il est quatre heures du

matin, un silence profond règne à bord; mais
on aperçoit Notre-Dame-de-la-Garde, et bientôt
tout le monde est sur pied. Le capitaine est un
des premiers; il essaye en vain de retenir ses
larmes, au cri répété de France, France! et il
se découvre devant Notre-Dame-de-la-Garde, que
tous saluent joyeusement.

Tandis que nos passagers s'avancent vers le
port, que se passe-t-il à la *Prairie*? Un matin,
Mme Lucet dit à son mari :

« Je n'ai pas dormi cette nuit; mais je n'ai pas
perdu mon temps. Il faut que tu partes avec
Minette pour aller recevoir nos enfants à Marseille.

— Comment! te laisser seule avec les petits et
Nanette, y songes-tu?

— J'y ai songé toute la nuit, mon ami; il faut
que notre Minette, dont la vie est un dévouement
continuel, ait cette joie. Jamais folie, si c'en est
une, n'aura été mieux justifiée. J'ai fait tous mes
calculs; et maintenant, mon ami, va faire ta
valise et envoie-moi Minette. »

Mme Lucet commença par embrasser sa fille,
l'appelant des noms les plus doux. Ceci n'avait
rien d'extraordinaire; mais, lorsque la mère eut
dit : « Minette, tu vas aller avec ton père à
Marseille pour recevoir Auguste et Louise », la
généreuse fille crut que sa mère était encore

sous l'impression d'un rêve; aussi elle s'écria :

« Ma mère, y pensez-vous? Vous laisser seule !

— Non pas! Nanette aura soin de moi, et *nos petits* me tiendront compagnie. » Minette, en voyant sa mère si résolue, se jeta dans ses bras en disant :

« Ma mère, j'y avais bien pensé, mais jamais je n'aurais osé l'espérer.

— Ta discrétion m'a ménagé une grande joie, ma fille. »

La nouvelle du départ de M. Lucet et de Minette causa une surprise générale; ce départ n'était pas approuvé par tout le monde. Qu'allait devenir la bonne dame toute seule?

Nanette ne pensait pas comme tout le monde : non seulement parce qu'elle était heureuse de la joie de sa jeune maîtresse, mais aussi parce que cette absence l'établissait gardienne de la maison, des enfants et même de sa bonne maîtresse, pour laquelle son attachement était sans bornes. Et puis, cette marque de confiance la flattait.

Lorsque les enfants apprirent que leurs grand-père et tante Minette partaient pour aller chercher leurs parents, ce ne furent que cris de joie et gambades; ils avaient bien réclamé tout d'abord; mais on finit par leur faire comprendre que tout le monde ne pouvait pas quitter bonne

maman, et qu'il fallait bien qu'ils lui tinssent
compagnie.

Les compagnons de voyage de M. Lucet et de
sa fille s'intéressèrent vivement à eux dès qu'ils
connurent le but de leur voyage. Qui n'avait pas
entendu parler de notre brave armée, de ses
hauts faits d'armes et des maladies qui l'avaient
éprouvée? A mesure qu'on approchait du terme
du voyage, M. Lucet et sa fille devenaient plus
sérieux. Enfin les voilà à Marseille, attendant le
bateau, qui dès le lendemain matin est signalé.

Le débarquement a lieu; chacun cherche du
regard ceux qu'il aime. Auguste, à l'improviste,
reconnaît son père et sa sœur; et bientôt ils sont
tous réunis.

La première entrevue ne fut point ce qu'on
avait cru qu'elle serait : on se contenta d'abord de
se regarder et de s'embrasser. Auguste s'étonna
que son père et Minette eussent laissé seule
Mme Lucet à la *Prairie*. Mais Minette lui raconta
ce qui s'était passé et comment le bonheur de
venir à sa rencontre lui avait été imposé par sa
mère elle-même.

« Puisque nous avons si bien supporté la traversée, dit Louise, ne prolongeons pas notre
séjour ici.

— Partons dès demain, dit le capitaine; j'ai
hâte de revoir ma bonne mère et mes enfants. Et

puis, nous causerons mieux à la *Prairie* qu'ici. »

Ils partirent le lendemain soir, par un splendide clair de lune qui permit à Auguste de revoir les champs et les coteaux auxquels il avait si souvent rêvé lorsqu'il était sous la tente. Il allait revoir sa mère, ses enfants, la maison, sa vieille bonne et les voisins qui avaient protégé son enfance et avaient pleuré en le voyant partir. Cependant les rêves du capitaine n'étaient pas toujours aussi doux : il lui arrivait parfois d'entendre le canon dans ses rêves, et, ouvrant alors les yeux, il se demandait comment il se faisait qu'il ne fût pas avec ses soldats.

Mme Lucet a bien supporté l'absence de son mari et de sa fille. Nanette a répondu à la confiance qu'on lui a témoignée. Sa maîtresse ne s'en étonne point, car elle connaît le cœur de sa fidèle servante; et tous lui témoignent leur reconnaissance.

Les enfants dorment, on va les embrasser dans leurs petits lits, sans qu'ils se doutent du bonheur qui les attend au réveil. Ils crurent rêver en entendant Suzanne leur dire :

« Nous sommes tous arrivés, papa est guéri. »

Le petit Henri n'attendit pas d'en être prié pour aller voir ses parents. Il sauta de son lit, et courut droit à la chambre de son père; et mademoiselle sa sœur, oubliant la modestie qui

15

convient à une petite fille, suivit l'exemple de
son frère.

La solitude de la *Prairie* était bien ce qui
convenait au capitaine; oui, après les heures si
douces passées en famille, il recherchait la solitude; et, quand il était seul, il revoyait les
champs de bataille, la victoire ou la défaite, il
s'attristait de ne pas y prendre part, et songeait
à ses frères d'armes restés en Afrique, peut-être
morts, ou appelés à prendre part à d'autres com-
bats.

XV

Deux portraits

Les réunions de famille, quel qu'en fût le charme, ne suffisaient pas à Minette. Il ne se passait pas de jour que le frère et la sœur n'eussent de ces bonnes causeries d'autrefois. La question du mariage de Minette revenait encore sur le tapis. Auguste était comme humilié que cette charmante Minette augmentât le nombre des vieilles filles du département. Mais Minette lui démontrait, avec une logique sans réplique, qu'elle eût pu, à la rigueur, se marier quelques années plus tôt, mais que laisser sa mère seule au moment où ses infirmités réclamaient des secours assidus était une chose impossible et que, si elle avait la faiblesse de se marier, elle serait blâmée de tous ceux qui la connaissaient.

Auguste aimait tendrement sa mère, aussi fut-il embarrassé pour répondre à Minette; pouvait-il blâmer le dévouement dont elle faisait preuve?

Le colonel de la Pointe fit dire à Auguste qu'il attendait sa visite avec impatience; le capitaine n'était pas moins désireux de faire cette visite. N'était-ce pas une bonne fortune pour lui de trouver dans le voisinage de la *Prairie* un homme capable de s'intéresser au récit d'une campagne glorieuse?

Ce ne fut cependant que huit jours plus tard qu'Auguste put aller à la Pointe. Le colonel le serra dans ses bras, il l'appelait son brave enfant, et il le contemplait en souriant.

Le colonel ne laissa Auguste retourner à la *Prairie* qu'après avoir reçu de lui la promesse qu'il reviendrait; car le vieillard était insatiable des récits de ces glorieuses campagnes.

Un jour, en l'absence de Minette, Auguste monta à l'atelier, et il fut très surpris de voir que sa sœur avait renoncé au paysage pour l'étude de la tête. On voyait çà et là des têtes d'enfants, et puis la tête d'un jeune homme dont la ressemblance était si frappante, qu'Auguste n'hésita pas à se reconnaître, il en témoigna sa surprise à Minette.

« Est-ce que la nature ne t'inspire plus ? lui dit-il.

— Si vraiment, la nature m'inspire toujours ; mais ne t'en prends qu'à toi-même si je lui suis infidèle.

— Comment ça ?

— Quand on possède un héros dans sa famille, il faut avoir son portrait ; or, ne voulant charger personne de faire le portrait du brave capitaine Lucet, j'ai laissé le paysage de côté, et au premier jour je te prierai de vouloir bien poser.

— Ma sœur !

— Eh bien, la sœur n'a-t-elle pas eu raison ? n'ai-je pas le droit de m'approprier l'honneur de faire votre portrait, monsieur le capitaine ? Peut-être craignez-vous que mon pinceau ne soit trop médiocre pour traiter un si beau sujet.

— Minette, tu es un ange !

— Je ne demande pas mieux, dit Minette. Dès demain, mon beau capitaine, vous poserez, et je commencerai à faire votre figure, comme dit Nanette. »

Tout étant convenu entre le frère et la sœur,

Minette et son modèle étaient le lendemain, de
bonne heure, à l'atelier. L'ordre le plus sévère
avait été donné de ne laisser monter qui que ce
fût.

La consigne fut forcée dès le surlendemain
par le colonel, qui ne pouvait attendre plus
longtemps la fin de l'intéressant récit d'Auguste.

Il envoya promener Nanette, et, après avoir
salué M. Lucet, il monta seul à l'atelier, et il
trouva la porte fermée.

Un *qui est là?* lancé de mauvaise humeur répondit à sa tentative d'ouvrir la porte; mais il
fallut bien ouvrir au vieillard.

« Évidemment, Minette, dit-il, ma présence ne
vous est pas agréable; mais mettez-vous à la
place d'un vieux militaire qui n'a d'autre compagnie que sa servante; la conversation roule
invariablement sur le potager et la treille;
Auguste a encore beaucoup de choses à me
dire; mais je comprends que ma visite vous
dérange, convenons d'une chose : nous aurons
chacun notre jour *de capitaine.* Je n'ignore pas
qu'un peintre peut faire un certain travail sans
avoir son modèle sous les yeux.

— Sans doute », répondit Minette d'un ton
peu convaincu; mais on finit par s'entendre,
quoique Minette ne fût qu'à moitié résignée.

Cependant le colonel était un homme d'esprit, et il avait reçu une éducation que son séjour dans les camps n'était pas parvenu à gâter.

En quittant l'atelier, il dit à Minette :

« Eh bien, ma chère enfant, toute réflexion faite, je ne reviendrai pas avant que le front soit paré de ce beau coup de sabre, car, selon moi, c'est le trait le plus important du portrait. »

Ce n'était pas l'avis du peintre; mais Minette était si heureuse du parti que prenait le colonel, qu'elle se garda bien de dire qu'à son avis rien n'était indifférent dans ce beau visage pour ceux qui chérissaient Auguste.

Le colonel se retira peu satisfait, mais il n'en laissa rien paraître. Minette, toujours compatissante, regrettait d'imposer au vieillard la privation d'un plaisir dont, mieux que personne, elle savait tout le prix.

La présence d'Auguste était pour les voisins comme une invitation naturelle de venir à la *Prairie*; aussi ne se passait-il guère de jours sans qu'une voiture s'arrêtât devant la grille de la maison. Le peintre et son modèle devaient nécessairement quitter l'atelier, ce qu'ils faisaient poliment, mais sans enthousiasme.

Cependant il y eut, entre tous, un jour fatal .

la cousine, qui jusqu'alors s'était contentée de
témoigner par lettres l'intérêt qu'elle prenait
aux affaires de la famille, s'avisa tout à coup
de venir à la *Prairie*. N'était-ce pas son devoir?

Mme Bertran était si convaincue que sa présence serait agréable, qu'elle voulut faire à ses
parents la surprise d'apparaître sans avoir pris
la peine de s'annoncer.

Elle partit donc par une belle matinée de juin,
en compagnie de Mlle Eugénie, sa femme de
chambre.

Le postillon avait reçu l'ordre d'avancer doucement jusque devant le perron de la maison;
mais l'habitude de s'annoncer avec fracas lui fit
oublier l'ordre qu'il avait reçu.

Au premier clic-clac, tout le monde fut aux
portes et aux fenêtres.

Minette, du haut de son atelier, pressentit
aussitôt la cousine, et poussa un hélas! qui fit
perdre contenance au modèle.

Cependant il était de toute impossibilité de
ne pas aller recevoir Mme Bertran. Minette crut
faire un acte de diplomate en la recevant dans
son atelier de peintre.

« Bien sûr, dit-elle à son frère, elle va comprendre que je travaillais; et, quand je lui aurai
dit : « Je fais le portrait de notre brave capitaine,
« regardez, ma cousine, le beau coup de sabre

« dont son front est paré », elle respectera notre
solitude. »

La cousine comprit en effet, et, après avoir
félicité Minette de son talent, et admiré le fameux coup de sabre, elle alla rejoindre M. et
Mme Lucet, qui l'attendaient au salon.

« Mes chers amis, leur dit-elle, vous êtes des
Spartiates. Moi, je ne crois pas pouvoir jamais
m'habituer à regarder de sang-froid cette blessure immortalisée par le pinceau de notre Minette.

— Oh que si! ma cousine, dit Mme Lucet;
notre exemple vous fortifiera. »

Minette comprit qu'elle devait, quoi qu'il lui en
coûtât, s'occuper de sa cousine et l'installer dans
sa chambre; et, après s'être assurée que rien ne
lui manquait, elle lui demanda la permission de
retourner à son atelier, où, dit-elle en souriant,
l'attendait le beau Balafré.

Mme Bertran ne s'apercevait pas de l'ombre
que sa présence jetait sur le tableau de famille;
elle s'installa, et ne dit pas un mot de la durée
probable de son séjour à la *Prairie*. Heureuse-
ment elle avait contracté l'habitude d'occuper
ses mains à quelque ouvrage utile. Minette se
considéra comme dûment autorisée à continuer
son travail.

Cependant la *Prairie* avait perdu tout son

charme, quoique chacun s'appliquât à être aimable. Mme Bertran paraissait résolue à rester
un certain temps en Anjou, parce que l'air du
pays était favorable à sa santé. Mais, quinze
jours plus tard, elle se trouva assez indisposée à
son réveil pour qu'on craignît que cette indis-
position ne fût le commencement d'une maladie
sérieuse.

Minette, dont le cœur était compatissant, se fit
encore la garde-malade de sa cousine.

M. et Mme Lucet étaient vivement contrariés
de ce triste incident; Nanette se lamentait plus
que ses maîtres, tout en faisant preuve de dévouement.

Il faut convenir toutefois, avec le capitaine,
que Mme Bertran était fort indiscrète de tomber
malade à la *Prairie*; mais il admirait la générosité de sa sœur, qui ne témoignait aucune mauvaise humeur du trouble que cette maladie jetait
dans la maison : les doigts de Louise ne couraient
plus sur le clavier; elle ne chantait plus les airs
favoris de ses enfants; les enfants ne dansaient
plus. Ils demandaient chaque jour si la cousine
serait bientôt guérie.

M. et Mme Lucet s'intéressaient assurément à
l'état de Mme Bertran, mais ils souffraient de
voir leur chère enfant absorbée par les soins
qu'exigeait la malade.

Comme le temps n'apportait pas d'amélio
ration dans son état, Auguste et Louise comprirent que leur présence était de trop dans la situation présente. Leurs parents le comprirent
aussi, et, quoique à regret, ces chers hôtes de la
Prairie se rendirent à Tours, où ils retrouvèrent
des amis.

M. et Mme Lucet étaient fort inquiets; mais
Minette, qui avait le plus à souffrir de la situation présente, n'était point abattue; elle donnait généreusement tout son temps à la malade,
dont les forces diminuaient chaque jour, en
même temps que sa reconnaissance croissait.
Elle n'avait jamais rencontré nulle part un
semblable dévouement, bien qu'elle eût lu beaucoup de romans; les contes de fées seuls, pensait-elle, peuvent en offrir des exemples. La malade souffrait moins, quoique le danger persistât.
Un matin, après avoir passé une nuit très agitée,
elle écrivit, non sans peine, quelques lignes,
qu'elle pria Minette de mettre sous enveloppe;
puis elle dit à sa femme de chambre :

« Tu vas aller à Paris, tu porteras cette lettre
à mon notaire, qui te remettra des papiers que
j'ai oubliés; ne les perds pas. »

Eugénie était une fille aussi soigneuse que
dévouée à sa maîtresse. Arrivée à Paris, elle prit
à peine le temps de se reposer, et se rendit chez

le notaire, qui lui remit une grande enveloppe
contenant plusieurs papiers d'affaires. Elle la
serra soigneusement, et se retira. Elle prit immédiatement la diligence et ne tarda pas à s'en-
dormir; elle ne s'éveilla que pour monter dans
le chariot qu'on avait envoyé à sa rencontre.

« Comment va madame? demanda-t-elle au
cocher.

— Pas bien, mademoiselle Eugénie, on dit
qu'elle a eu le délire toute la nuit. Elle vous appelait sans cesse, et demandait son testament. C'est
bien du délire, ça, de demander son testament !

— Que voulez-vous, on rêve de tout quand on
a la fièvre; mais, se disait Eugénie, c'est bien
sûr, cela que j'apporte. J'espère que je suis dessus; oui, mais pourvu qu'elle y ait pensé !... La
malade, absorbée depuis le matin, se réveilla
en entendant la voix d'Eugénie. Elle lui fit signe
d'approcher.

— As-tu la réponse du notaire ?

— Oui, madame; et il doit y en avoir long, car
l'enveloppe n'est pas légère.

— Donne-la-moi vite, et va te reposer. »

Eugénie allait sortir de la chambre, lorsque sa
maîtresse la rappela et lui dit : « Donne-moi
une plume et l'encrier. »

Eugénie, très surprise, obéit et se retira. Ce
ne fut pas sans peine que la malade parvint à

Le notaire lui remit une grande enveloppe.

sortir son testament de l'enveloppe qui le renfermait. Elle le lut deux fois, effaça de sa main tremblante les dispositions qu'elle avait prises autrefois, et nomma Minette son héritière. L'héritage consistait en un château situé en Touraine, sur la côte de Saint-Cyr, en une belle ferme et en un joli bois. Elle laissait quelques milliers de francs à la petite paroisse de la *Prairie*, et remerciait Minette et ses parents de l'hospitalité et des bons soins qu'elle avait reçus d'eux.

Minette, en revenant auprès de sa cousine, fut étonnée de la trouver agitée et plus fatiguée que lorsqu'elle l'avait quittée. Elle la gronda doucement et l'engagea à faire un petit somme. Mme Bertran ne se fit pas prier pour suivre ce bon conseil. Elle se réveilla deux heures plus tard, reposée et calme.

A partir de ce moment, sa santé s'améliora et ses forces revinrent insensiblement. Elle n'avait que des sourires pour tous ceux qui l'entouraient, et se disait : « Oh ! si je les avais connus plus tôt ! »

Le capitaine, toujours en garnison à Tours, venait de temps à autre à la *Prairie*. Ses préventions contre la malade n'existaient plus, et il se montrait aimable et prévenant en toute circonstance. Mme Bertran acceptait volontiers son bras, et ne redoutait plus son épée. Minette était heureuse de l'harmonie qui régnait dans la famille; elle chérissait de plus en plus cette pauvre cousine, car elle ne pouvait pas se dissimuler que Dieu s'était servi d'elle pour rappeler cette *pauvre riche* à la vérité.

Un mois plus tard, Mme Bertran montait en voiture et faisait une jolie promenade. Elle renaissait à la vie. Mais ce retour à la vie ne changeait pas les dispositions qu'elle avait prises : « C'est moi, pensait-elle, qui irai dans son château sans qu'elle s'en doute »; cette pensée l'égayait. Plus d'une fois, Minette la vit sourire sans pouvoir deviner la cause qui amenait ce sourire sur ses lèvres; et, si elle la questionnait, Mme Bertran lui répondait :

« Tu le sauras plus tard; sois patiente. »

A partir de ce moment, la cousine reprit ses forces et ses habitudes; toutefois elle ne témoignait pas l'intention de quitter la famille Lucet. Elle engageait Minette de la façon la plus instante à reprendre ses occupations.

Auguste, qui savait que son épée n'effrayait plus Mme Bertran, venait chaque fois qu'il en avait la liberté : ce qui permit à Minette d'achever le portrait de son frère. Ce portrait était d'une ressemblance frappante, c'était vraiment le beau Balafré. Il était question dans tout le pays du talent de Mlle Lucet.

Un jour, un fermier des environs de la *Prairie* entendit parler du portrait du capitaine. Le brave homme se dit : « Peut-être qu'elle en tire bien d'autres en peinture ». Or, une fois, le père Jubin résolut d'aller voir ce fameux portrait.

C'était un jour de marché, il n'avait dit à personne qu'il irait à la *Prairie*, et il demanda à parler à mademoiselle.

Minette était à son atelier, et, quoique cette visite la dérangeât, elle dit de faire monter le bonhomme, car il pouvait avoir quelque chose d'important à lui dire.

Le bonhomme s'excusa de déranger mademoiselle, mais il avait tant entendu parler du portrait du capitaine, qu'il voulait le voir, et, après avoir exprimé son étonnement et son admiration, le père Jubin ajouta :

« Ce n'est pas tout, mam'selle Minette, puisque vous attrapez la ressemblance si bien que ça, je viens vous demander de faire mon portrait. Je voudrais le laisser à mes enfants et à mes petits-enfants, qui m'aiment de tout leur cœur.

— Mon brave homme, répondit Minette, je fais le portrait de mon frère, mais il est probable que je n'en ferai pas d'autres.

— Mam'selle, puisque vous êtes si adroite, ce sera bien vite fait ! Je vous en prie, ne me refusez

16

pas; je vous payerai en blé, la récolte est bonne cette année! Cependant, si vous préférez des écus, je vous en donnerai.

— Mais, père Jubin, il faut beaucoup de temps pour faire un portrait; il faut rester tranquille devant le peintre, ne pas tourner la tête ni à droite ni à gauche, on a des crampes dans les jambes.... »

A toutes les objections de Minette le paysan répondait :

« Tout ça ne me fera rien. Dites oui, mam'selle Minette; puisque vous aimez tant à faire la volonté des autres, faites la mienne, je vous en prie.

— Allons, dit Minette, je ferai votre portrait.

— Que vous êtes bonne, mam'selle! c'est bien ce qu'on dit. Mais quand commencerez-vous?

— La semaine prochaine. » Le bonhomme ne bougeait pas.

« Eh bien, dit Minette, avez-vous encore quelque chose à me dire?

— Oui, répondit-il timidement, je vous prie de ne pas me faire borgne; vous ferez mes deux yeux pareils. »

A ces mots Minette éclata de rire, puis elle ajouta :

« Mon brave Jubin, ce ne sera plus alors votre portrait : un bon peintre doit copier exactement son modèle; vos enfants ne vous reconnaîtraient pas; ils vous ont toujours aimé et vous aiment encore tel que vous êtes, soyez-en sûr.

— Eh bien, mam'selle, faites-le comme je suis. Mon Dieu! seront-ils contents et étonnés quand ils me verront accroché au-dessus de la commode. Me commencerez-vous aujourd'hui, mam'-selle?

— Oh non! mon brave homme; je vous préviendrai quand le portrait du capitaine sera fini.

— C'est juste », dit le bonhomme, et il se retira enchanté de la promesse que lui avait faite Mlle Minette.

« Il faut convenir, se disait, chemin faisant, le bonhomme, que j'ai eu fièrement d'esprit d'aller lui demander ça. Ma femme et mes enfants seront-ils contents! Ah! si mon frère Georges était encore de ce monde, bien sûr que la bonne demoiselle l'aurait *tiré* aussi, car celui-là avait deux fameux beaux yeux. Enfin.... »

Lorsque Minette fut seule, elle fut prise d'un fou rire qu'elle n'avait pas encore pu réprimer lorsque son père entra; l'explication lui en fut donnée, et il rit aussi, lui, de bon cœur; et lorsqu'on fut réuni pour le déjeuner, Minette raconta en détail tout ce qui s'était passé. Ses

parents l'approuvèrent d'avoir accepté; mais
ils lui conseillèrent de ne pas refuser les sacs
de blé du père Jubin, car ils trouveraient facilement leur place dans les greniers de quelques
pauvres familles; et, de plus, ce serait le moyen
d'éloigner ceux qui pourraient avoir la même
fantaisie que Jubin.

Lorsque le portrait du capitaine fut terminé,
les amis et les amateurs vinrent l'admirer.
Tous étaient d'accord pour louer le peintre au
sujet de la fidélité avec laquelle le modèle avait
été reproduit

Le colonel ne voyait qu'une chose, le coup de
sabre. Quel beau coup de sabre!

Les petits enfants auraient volontiers embrassé
cette chère image; ils demandaient sans cesse à
la voir; et ils furent bien contents lorsque le
portrait quitta enfin l'atelier pour le salon, où
ils purent le regarder tout à leur aise et tant
qu'ils voulurent.

Quelques jours plus tard, Minette fit dire au
père Jubin de venir, afin qu'elle pût commencer
son portrait.

Le bonhomme ne se fit pas prier, et l'artiste se
mit aussitôt à l'œuvre.

Les séances étaient égayées par les réflexions
du modèle, qui essayait d'obtenir qu'on le grati-
fiât de deux yeux pareils; mais Minette était

inexorable, et, comme le vieillard avait de beaux
traits, il fut facile à l'artiste de lui persuader
qu'un bel œil en vaut bien deux. Le père Jubin
accepta le compliment, et se résigna à passer à
la postérité tel qu'il était.

XVI

L'héritière

Mme Bertran éprouvait une certaine crainte à rentrer chez elle : la vérité est qu'elle s'était attachée à la famille Lucet, et elle ne comprenait plus comment elle pourrait vivre loin d'eux tous.

Elle remettait de jour en jour à parler de son départ : en accueillerait-on simplement la nouvelle, ou l'engagerait-on à prolonger son séjour à la *Prairie*?

Ce fut la petite Marguerite qui trancha la

question; un jour, causant avec sa poupée, elle lui dit : « Cousine a un beau château, Nanette me l'a dit; peut-être serons-nous invités à y aller. Je t'emmènerai, si tu es sage, Rosette, car, lorsqu'on est chez les autres personnes, on doit se montrer encore plus gentille que quand on est chez soi. Allons, tu me le promets : je le vois dans tes beaux yeux bleus. »

Cette conversation, qui amusa Mme Lucet et sa fille, fit réfléchir Mme Bertran.

« Au fait, se dit-elle, pourquoi n'irions-nous pas tous à Saint-Cyr? Le bon air qu'on y respire serait favorable aux vieux et aux jeunes. Auguste et Henri viendraient nous voir aussi souvent qu'ils le pourraient; mon cousin aurait des inspirations charmantes pour ses livres; ma chère Minette trouverait des paysages nouveaux; sa mère se plairait sous la véranda, d'où elle verrait les enfants prendre leurs ébats; et moi, oh moi! je ne serais plus seule, et je serais heureuse de les voir tous contents, ces chers amis que j'ai si longtemps dédaignés. »

Ces réflexions firent monter les larmes aux yeux de Mme Bertran. Minette la surprit en cet état, et la sollicita doucement de lui dire la cause de son émotion. Mme Bertran lui dit en l'embrassant : « Les larmes que vous voyez sont des larmes de reconnaissance ».

La pluie succéda aux beaux jours, les paysans ne s'en plaignaient pas, mais ceux qui n'avaient que leur plaisir en perspective ne pouvaient pas se montrer aussi philosophes.

Mme Bertran, qui se faisait une fête d'emmener ses parents en Touraine, était fort contrariée; mais le retour du soleil ne se fit pas attendre longtemps, et sa présence ramena la joie et la gaieté.

La famille Lucet ne s'expliquait pas la bonne humeur de la cousine à la veille d'une séparation; car, bien que le mot départ n'eût pas été prononcé, il était évident pour tous que le séjour de Mme Bertran à la *Prairie* devait avoir bientôt un terme. Aussi ne furent-ils pas surpris lorsqu'elle dit à Minette : « Il doit faire bien beau en Touraine !

— Pas plus beau qu'en Anjou, répondit Minette d'un petit air piqué.

— Ne te fâche pas, ma chérie, chacun a son opinion; mais, pour nous mettre d'accord, si tes parents acceptent mon invitation, nous irons tous en Touraine. Il y a longtemps, mes bons amis, que vous devriez connaître Bellevue; mais le monde, j'en rougis, m'a fait négliger cette belle propriété.

— Ne parlons pas du passé, ma cousine : soyons tout au bonheur de vous voir guérie. Nous serons heureux d'aller en Touraine; dès aujourd'hui il faut parler à ma mère de ce charmant projet. »

Mme Bertran suivit le conseil de Minette. M. et Mme Lucet n'étaient pas désireux de quitter la *Prairie*, mais ils n'hésitèrent pas à accepter l'invitation de leur cousine.

« Entendons-nous bien, dit Mme Bertran, je ne vous invite pas à venir passer quelques jours à Bellevue, mais à y rester toute la belle saison. Minette fera des paysages d'un aspect nouveau; mon cousin trouvera là-bas le sujet d'un livre, et nous autres bonnes femmes, nous tricoterons; à tout cela s'ajouteront de belles promenades. Marguerite, Louise et les enfants viendront; Henri et le beau Balafré nous donneront tout le temps dont ils pourront disposer. »

Si M. et Mme Lucet n'avaient pas constaté que Mme Bertran jouissait d'un fort bon appétit, indice de santé, ils auraient cru qu'elle avait un accès de fièvre; mais il n'y avait pas à s'y méprendre.

La grande nouvelle fut immédiatement communiquée aux frères et aux sœurs, et la chère Minette partit pour préparer le château à recevoir une si nombreuse compagnie. Mme Bertran rappela immédiatement les domestiques qui étaient en congé depuis son absence.

On ne quitterait pas la *Prairie* sans regret,

mais le bonheur d'être réunis était pour tous un plaisir qu'aucun autre ne pouvait remplacer.

Les paquets sont faits, les armoires fermées; la garde de la maison est confiée au jardinier et à Médor, qui montrera les dents aux rôdeurs.

Quelle que soit la modestie des gens, personne n'est indifférent au plaisir d'habiter un beau château, de voir un beau pays; et la meilleure ménagère n'est pas fâchée de laisser pour un temps, derrière elle, le tracas du ménage. Minette ne dissimulait pas combien elle était satisfaite de faire connaissance avec la Touraine, dont on lui avait toujours parlé comme de la rivale de l'Anjou.

L'arrivée des voyageurs fut un véritable événement. Il y avait deux ans que la propriétaire n'était venue à Saint-Cyr; et, comme les séjours qu'elle y faisait quelquefois répandaient l'aisance dans le village, elle fut la bienvenue.

Les ordres de Mme Bertran avaient été exécutés : tout avait été préparé pour la recevoir, elle et sa famille. La châtelaine souriait en voyant la surprise de ses hôtes : une chambre du château en eût contenu trois comme celles de la *Prairie*.

M. et Mme Lucet étaient loin de soupçonner que la cousine possédât une si belle propriété,

dont elle sacrifiait les avantages à la vie mondaine de Paris.

Minette ne tarda pas à déballer sa palette et
ses pinceaux; une voiture fut mise à ses ordres;
mais elle ne voulut pas habituer ses jambes à la
paresse. Elle partait quelquefois avec son père
dès le matin, et ils revenaient seulement à l'heure
du déjeuner.

L'arrivée de Henri et d'Auguste avec leurs familles fut une véritable fête.

Le petit Henri disait naïvement : « C'est plus
joli qu'à la *Prairie*, cependant je m'amuse mieux
chez bonne maman ».

Mme Bertran avait projeté depuis longtemps
de faire des changements dans ses jardins; mais
elle voulait avoir les conseils de Minette, qui se
déclara incompétente en semblable matière. Toutefois elle dut céder aux instances de sa cousine.

« Dis-moi, Minette, quelles sont tes fleurs favo-
rites, les fruits que tu préfères?

— Mais, ma cousine, répondait Minette, j'aime
tout ce qui est bon, et tout ce qui est beau. »

Cependant, en dépit de sa discrétion, Minette
finit par avouer ses préférences. M. et Mme
Lucet s'étonnaient chaque jour davantage des
attentions dont ils étaient l'objet, et surtout des
instances de la cousine pour connaître le goût
de leur fille en toutes choses.

Marguerite et Louise ainsi que leurs enfants n'avaient rien à désirer. Mme Bertran poussait l'affabilité jusqu'à parler guerre avec Auguste, et architecture avec Henri.

Un jour on vit arriver à l'adresse des enfants une grande caisse, qui excita aussi bien la curiosité des parents que celle des marmots. Cette caisse, venant de Tours, était expédiée par le premier marchand de joujoux de cette ville.

Quoique l'heure fût avancée, on ne put en remettre l'ouverture au lendemain. On en retira poupées et polichinelles, tambours et trompettes, sabres et fusils. Tous ces objets furent accueillis par des cris et des gambades; et les marmots ne se firent pas prier pour aller embrasser la cousine.

Mais la présence de Minette à Saint-Cyr devait produire encore d'autres résultats. Un jour, elle dit à Mme Bertran :

« Vous me préviendrez, ma cousine, quand vous irez voir vos pauvres.

— Je ne vais pas chez les pauvres, dit Mme Bertran, je leur envoie des secours; mais je profiterai de ta présence, chère Minette, pour aller les visiter avec toi.

— Oui, ma bonne cousine, nous irons ensemble; je conçois qu'étant seule....

— Non, Minette, tu ne conçois pas cela, et moi-même je ne le comprends plus. »

A partir de ce jour on apprit au village qu'une distribution de pain serait faite chaque semaine à la grille du château. Les mères portaient leurs petits enfants dans leurs bras; ces enfants étaient, pour la plupart, à peine vêtus, mais ils étaient frais et joyeux; ils tendaient leur petite main, dans laquelle Minette mettait une friandise, sans préjudice du pain que recevait la mère.

Dès lors la charité entra dans le château pour n'en plus sortir. Autrefois les domestiques avaient reçu l'ordre d'éloigner les mendiants; la consigne fut levée, et aucun ne fut repoussé. Ceux du village venaient pour chercher du pain et aussi pour voir la *demoiselle*.

Minette s'était proposé de rapporter un beau paysage dont la vue lui rappellerait, à elle et à sa famille, le souvenir de son séjour en Touraine. Elle avait fait avec son frère plusieurs excursions avant de se décider; mais il était dit qu'elle ne reprendrait pas ses pinceaux tant qu'elle serait en Touraine : sa cousine l'absorbait entièrement.

Si Henri, tout entier à son travail, venait rarement à Saint-Cyr, Auguste au contraire y venait très souvent : Bellevue l'attirait : le château, les jardins, les terrasses, la vue du fleuve, tout l'émerveillait. Mais il y avait une chose qui le

surprenait plus que tout cela : c'était de voir
Minette commander, aller et venir, en maîtresse
de maison. Il lui en témoigna son étonnement.

« Ma petite sœur, lui dit-il un jour, tu joues
à la châtelaine, et je conviens que ce rôle te sied
très bien.

— Je t'avoue, Auguste, que je suis un peu in-
timidée de la confiance que m'accorde ma cousine ;
mais, quand je lui parle de mon embarras, elle
me répond qu'une femme bien élevée doit être
capable d'habiter un château aussi bien qu'une
chaumière, de commander aussi bien que d'obéir.
Mais cette bonne cousine ne sait pas combien il
m'en coûte d'abandonner ma peinture.

— Je le comprends, Minette ; il me vient une
idée excellente : fais son portrait.

— Oh! mon ami, la nature m'offre de si beaux
modèles ici!

— Tu m'étonnes, ma sœur : toi si généreuse,
si reconnaissante, tu auras passé une saison dans
un des plus beaux châteaux de la Touraine sans
en témoigner ta reconnaissance à une parente
qui t'a offert une si aimable hospitalité ; et non
seulement à vous, mademoiselle Minette, mais
à toute votre famille.

— Auguste! Auguste! il n'était pas nécessaire
d'en dire si long.... Tu désires que je fasse le por-

trait de notre cousine; eh bien, mon frère, je le ferai, et je commencerai dès demain, si ma cousine y consent.

— Ma chère Minette, beaux ou laids, nous sommes tous disposés à nous faire tirer en peinture. »

Minette proposa le jour même à Mme Bertran de faire son portrait. Elle s'attendait à un refus; mais grande fut sa surprise lorsque Mme Bertran lui dit :

« Je n'aurais pas osé te le demander, Minette, mais je serai contente d'être encore avec vous quand je ne serai plus de ce monde. Je regrette seulement que le modèle ne soit pas plus beau.

— Ma cousine, selon moi, quiconque a bon cœur n'est jamais sans beauté. »

Mme Lucet approuva sa fille d'avoir eu la pensée de faire le portrait de la cousine : c'était une façon charmante de lui témoigner que toute la famille était reconnaissante de sa généreuse hospitalité.

On avait espéré que cette douce vie de famille ne serait pas troublée, lorsque, un jour, le piéton déposa au château une lettre qui fut un trouble-fête. Cette lettre était d'une femme qui avait été souvent reçue par Mme Bertran. La baronne d'Alban allait prendre les bains de mer en Bretagne, et elle ne voulait pas passer si près d'une amie sans lui faire une petite visite. Cette nou-

velle contraria vivement Mme Bertran ; la présence
d'une femme du monde allait faire ombre au
tableau de famille. Il était toutefois impossible
de ne pas recevoir la baronne et de ne pas lui
dire : Je serai charmée de vous recevoir.

Mme Bertran informa ses hôtes avec une certaine timidité de la prochaine arrivée de la baronne d'Alban. Minette seule eut la charité de
dire :

« Eh bien, ma cousine, nous tâcherons que
cette belle dame ne s'ennuie pas trop avec
nous. »

Trois jours plus tard, une chaise de poste at-
telée de quatre chevaux faisait voler la poussière
sur la route de Tours à Saint-Cyr ; elle s'arrêta
devant le château de Bellevue. Une élégante
femme de chambre s'élança de la voiture et s'empressa d'aider sa maîtresse à en descendre.

Des coffres de toutes dimensions furent dé-
chargés, et l'ordre fut donné de les transporter
dans la chambre des étrangers.

Vingt-quatre heures suffirent à la baronne
pour se convaincre qu'elle s'était trompée de
porte. Assurément la propriété de Mme Bertran
était fort belle, le château meublé avec goût ;
mais n'avoir pour société qu'un vieillard et sa
femme, un officier qui passe son temps à courir
le pays et, quand il est présent, ne sait parler

que de son Algérie : « il n'est, disait-elle, question que de batailles, j'en ai mal aux nerfs. »

Les enfants eux-mêmes l'ennuyaient et la fati-
guaient. Aussi les mamans avaient-elles soin de
se tenir à l'écart avec eux.

« J'ai assez de cette hospitalité, dit Mme d'Alban à sa femme de chambre. Claudine, ne dé-
ballez rien, mon séjour ici sera de courte durée.

— Madame la baronne est comme moi, j'en ai
déjà assez; mais madame s'habillera pour le
dîner. J'ai déballé la robe que la couturière a
rapportée avant-hier : rien de plus élégant, de
plus léger.

— Je ne m'habillerai pas, Claudine. »

La femme de chambre se retira de fort mauvaise humeur.

Le lendemain, M. Lucet proposa de faire une
promenade en barque. Cette proposition fut froidement acceptée; mais la baronne pensa qu'un
semblant de politesse était de rigueur.

Or donc, dans l'après-midi, une barque et son
pilote s'arrêtèrent en vue du château.

Le capitaine voulut être de la partie; et, lorsqu'on eut perdu de vue l'habitation il s'empara
de la rame, et, quoique le fleuve fût tout à fait
paisible, Auguste donna malicieusement quelques secousses à la barque. La baronne jetait les
hauts cris. Les paroles rassurantes de M. Lucet

Une barque et son pilote s'arrêtèrent en vue du château.

et du batelier ne pouvaient la calmer, Auguste
n'y parvint pas davantage en lui disant qu'il na-
geait comme un poisson et qu'il avait déjà sauvé
la vie à plusieurs personnes.

La promenade fut abrégée de beaucoup.

La baronne se retira dans sa chambre : le grand
air lui avait fait mal à la tête.

« Claudine, dit-elle à sa servante, nous
partirons demain : préparez tout en consé-
quence. »

La baronne était complètement remise, lorsque
la cloche annonça le dîner. Après avoir causé de
choses et d'autres, elle annonça son départ : elle
pressentait une de ces crises de nerfs pour lesquelles on l'envoyait en Bretagne.

Les nerfs de la baronne eurent raison, personne
n'insista pour qu'elle prolongeât son séjour; et,
le lendemain, Mme Lucet l'aidait à monter en
voiture.

Mme Bertran garda le silence sur le brusque
départ de la baronne; le capitaine fut le seul à
s'en féliciter hautement; il prétendit même qu'on
ne lui témoignait pas assez de reconnaissance
pour avoir ramé d'une façon si intelligente, mais
il n'osa pas en dire davantage.

Un matin, Minette et sa mère se dirent qu'on
ne pouvait pourtant pas renoncer à la *Prairie*;
elles fixèrent donc leur départ aux premiers jours

de septembre, époque des vendanges. Leur présence était indispensable à ce moment, non seulement en vue de leurs intérêts, mais pour la satisfaction des bonnes gens habitués à réclamer à cette époque quelques-uns de ces services qu'on ne leur refuse jamais.

Mme Bertran comprit les raisons que lui donnèrent ses parents pour retourner chez eux; mais, Minette ayant vu des larmes dans les yeux de sa cousine, elle sollicita une confidence.

« Je ne suis pas raisonnable, dit Mme Bertran, je ne peux pas m'habituer à la pensée de vous voir partir, et pourtant le moment est venu : mais je me demande, ma chère enfant, s'il ne serait pas possible de ne plus nous quitter; mais....

— Ma cousine, selon moi, ce *mais* n'a aucune valeur : tout s'arrange! et tout s'arrangera.

— Comment l'entends-tu, ma chérie?

— C'est très simple : d'abord il va sans dire que vous nous rendrez notre visite le plus tôt possible; et pourquoi ne passeriez-vous pas l'hiver à la *Prairie*, où l'air est plus doux qu'à Saint-Cyr? Une chambre est toujours à votre disposition; et, l'été prochain, je reviendrai prendre la mienne à Bellevue.

— Oui, mais vous reviendrez tous l'été prochain, dit la cousine, et vous serez chez vous à Bellevue aussi bien qu'à la *Prairie*.

— Que voulez-vous dire, ma cousine?

— Je veux dire, ma chérie, que Bellevue t'appartient.

— Je ne comprends pas, ma cousine; plaisantez-vous ?

— Non, je ne plaisante pas. Tu es mon héritière, tu es châtelaine de Bellevue, tu peux l'annoncer dès aujourd'hui à tes parents.

— Ma cousine !...

— C'est chose réglée, il n'y a plus à y revenir. »

En prononçant ces mots, Mme Bertran se leva, ouvrit son secrétaire et lut son testament à Minette, qui, tout émue, se jeta dans les bras de sa cousine en disant :

« Qu'ai-je donc fait, ma chère cousine, pour être l'objet d'une semblable générosité de votre part, et comment pourrai-je vous exprimer ma reconnaissance !...

— Ne parle jamais de reconnaissance, car je te dois plus que tu ne me dois. Oh ! Minette chérie, que ma vieillesse eût été triste sans toi ! Allons, essuie tes yeux, et va rendre compte de notre conversation à tes parents. »

Minette eut beau essuyer ses yeux, elle entra tout en larmes chez sa mère, qui s'en effraya.

« Qu'est-il arrivé? demanda Mme Lucet; qu'as-tu donc, ma pauvre Minette?

— Rassurez-vous, mère chérie, et préparez-

vous à entendre une chose des plus extraordinaires; vous savez qu'il y a des larmes de bonheur?

— Eh bien?

— Eh bien, mère chérie, je suis tout simplement châtelaine de Bellevue : ma cousine a fait
de moi son héritière. J'ai lu son testament. »

Mme Lucet demeura interdite; elle crut que le
séjour de Bellevue, au moment de quitter cette
splendide demeure, faisait perdre la tête à sa
fille.

« Mon Dieu! se dit-elle tout bas, quel malheur!
Qu'allons-nous devenir? Ma pauvre Minette! » Et
elle ne put retenir ses larmes.

M. Lucet entrait à ce moment.

« Calmez-vous, dit-il à sa femme et à sa fille.
Je viens d'avoir un entretien avec ma cousine :
notre chère fille est en effet son héritière, et
nous ne ferons plus désormais qu'une seule famille. »

Minette ne perdit pas de temps pour inviter ses
frères à revenir : elle avait une nouvelle importante à leur communiquer.

La confiance que les frères avaient dans leur
sœur ne leur permit pas d'hésiter à se rendre à
son invitation, tout en se demandant quelle pouvait être l'affaire importante que Minette avait à
leur communiquer. Aussi, à peine arrivés, ne per-

dirent-ils pas de temps pour solliciter la confidence que Minette avait à leur faire.

« Oh! mes amis, dit Minette, ce que j'ai à vous
dire ne se dit qu'à *huis clos*.

— Minette, Minette! on ne fait pas faire trente
lieues à ses parents pour les taquiner.

— Je suis sérieuse, mes frères, très sérieuse;
entrons chez ma mère, où nous sommes attendus
par notre cousine et par nos parents. »

La curiosité des voyageurs n'avait plus de
bornes; ils étaient impatients d'en finir.

Mme Bertran essaya en vain de laisser la parole
à Minette, elle fut contrainte d'annoncer elle-
même ce qu'elle avait fait en faveur de sa jeune
cousine.

« Eh bien, mes amis, dit-elle tout émue :
Minette est mon héritière, et vous êtes chez elle. »

La surprise tint tous les assistants silencieux
pendant quelques secondes; mais enfin le capitaine parla le premier : était-ce un rêve?... en
tout cas c'était le plus charmant des rêves. On
s'embrassa, on se félicita, et on exalta la générosité de la cousine.

Mme Bertran, d'ordinaire peu éloquente, parla
avec un accent si touchant et montra des sentiments si nobles et si affectueux, que tous en
furent émus.

A l'en croire, c'était elle qui était l'obligée : ne

devait-elle pas à Minette une nouvelle existence,
la santé, et bien d'autres choses dont elle gardait
le secret?

Henri et Auguste, après avoir pris part à la
joie de la famille, quittèrent Saint-Cyr; leurs
parents se disposèrent également à retourner chez
eux pour présider aux vendanges, qui étaient
commencées, car, quelle que soit la confiance du
maître dans ses serviteurs, il doit surveiller ce
qui se passe chez lui; Mme Bertran revint aussi
avec Minette, à la *Prairie*, après avoir rétabli
l'ordre dans le château.

XVII

Déception

Nanette fut un peu effrayée de voir arriver tant
de monde à la fois, mais la bonne fille se con-
sola en pensant que Mme la cousine, comme elle
l'appelait, venait probablement se reposer quelques jours avant de rentrer à Paris.

Mais, lorsqu'elle vit Minette lui donner la plus
belle chambre et l'installer comme une personne
qui compte bien rester le plus longtemps possible, elle se demanda ce que cela voulait dire.

Minette, qui lisait dans les yeux de Nanette

comme dans un livre, lui dit, le soir même :

« Ma bonne Nanette, notre cousine ne nous quittera plus; quand elle ira dans son château, nous irons aussi, et tu ne resteras plus seule si longtemps : tu viendras en Touraine avec nous. »

La perspective d'habiter un château, de voir du pays, ramena le calme dans l'esprit de Nanette. Elle finit par se dire :

« Si ça leur fait plaisir d'être ensemble, je n'ai rien à y voir. »

Tandis que Minette et sa mère s'établissaient dans la maison, M. Lucet donnait le coup d'œil du maître aux vendanges.

Les enfants de Henri et d'Auguste ne tardèrent pas à arriver. Un beau matin on les vit paraître armés chacun d'une petite serpette et d'un petit panier.

Le chant des vendangeurs animait cette scène toute nouvelle pour eux.

La *Prairie* n'était plus le séjour du calme et de la paix, mais celui de la joie et du tapage.

Le colonel, retenu chez lui par un accès de goutte, ne pouvait, à son grand regret, venir voir ses voisins. Ils allèrent donc chez lui pour égayer sa solitude et pour lui dire la grande nouvelle. Il crut rêver lorsque Minette lui annonça qu'elle était héritière du château de Bellevue. Le bon vieillard, tout en félicitant

ses amis de ce grand événement, songeait
avec tristesse qu'il allait perdre d'aimables voisins.

Les vendanges touchaient à leur fin, lorsque
Mme Bertran proposa à Minette de l'accompagner à Paris, où elle ne voulait plus conserver
d'appartement.

Le jour de leur départ ayant été fixé, la cousine et Minette se rendirent à Angers, où elles
prirent la poste.

Le court séjour de Paris fut comme un rêve
pour Mme Bertran : tout ce luxe d'autrefois
l'étonnait, elle ne le comprenait plus. Mais,
avant de faire venir son tapissier pour le charger
de vendre tout ce qu'elle appelait alors des inutilités, elle insista pour que Minette fît choix des
objets qui pourraient lui être agréables. Celle-ci
avoua d'un grand sérieux qu'il y avait un objet
qu'elle avait remarqué la première fois qu'elle
était entrée dans le salon avec sa mère.

« Ne m'en voulez pas, ma cousine, j'avoue
que j'avais un peu perdu de vue ce charmant
objet; et puis, je redoutais de vous donner l'embarras du transport.

— Minette, c'est très laid, et tu n'obtiendras
ton pardon qu'en me désignant au plus vite ce
bienheureux objet.

— Eh bien, ma cousine, allons au salon. » Alors,

se dirigeant vers l'étagère, Minette montra du
doigt le petit chien qui tirait la langue.

« Figurez-vous, ma cousine, que, lorsque je
suis venue ici pour la première fois, ce petit
chien m'avait tourné la tête; si j'avais osé, et si
maman me l'avait permis, je vous l'aurais demandé. Je ne cessais de le regarder, espérant,
par ce manège, attirer votre attention et vous
faire deviner mon désir.

— Et je ne te l'ai pas donné, ma chérie!
mais aujourd'hui il est à toi, comme tout le
reste. »

Le séjour de ces dames à Paris ne devait pas
se prolonger, il ne fallait pas perdre de temps.
Le tapissier exécuta rapidement les ordres de
Mme Bertran, bien à regret toutefois; car
Mme Bertran était une de ces honorables clientes
qui ont toujours quelques fantaisies nouvelles.

« Puisque tu désires faire une visite à ta
maîtresse de dessin, Mlle Leduc, je t'accompa-
gnerai jusqu'à la porte, dit Mme Bertran à Minette; moi, de mon côté, j'irai voir quelques
anciennes amies; quoique je n'aie pas entendu
parler d'elles depuis que j'ai quitté Paris, je ne
doute pas de leur bon accueil. Je reviendrai ensuite te prendre chez Mlle Leduc. »

En effet, quelques heures plus tard, Mme Bertran revenait trouver Minette, mais elle était

dans des sentiments bien différents de ceux
qu'elle avait exprimés à sa jeune parente.

Elle montait lentement l'escalier de Mlle Leduc,
lorsque des éclats de rire l'avertirent qu'ici rien
n'était changé.

Minette prenait part à la récréation des élèves,
qui ne la considéraient pas comme une étrangère, car Mlle Leduc se plaisait à parler d'une
ancienne élève qui lui faisait tant d'honneur;
elle la citait non seulement pour les heureuses
dispositions dont elle était douée, mais aussi
pour son application soutenue et son aimable
caractère.

Lorsque Mme Bertran et sa jeune cousine
furent en voiture, Minette remarqua la tristesse
de sa cousine.

« Êtes-vous souffrante? lui demanda-t-elle du
ton le plus affectueux.

— Non, ma chère enfant, mais je suis triste et
presque humiliée de la froideur avec laquelle
m'ont accueillie des femmes sur l'affection des-
quelles je croyais pouvoir compter.

— Ma bonne cousine, ne vous faites pas de
chagrin!... Il en est toujours ainsi dans le
monde lorsqu'on s'en éloigne : ces prétendues
amies n'ayant plus l'occasion de s'amuser chez
vous, vous ont oubliée. Vous ne faites pas exception à la règle, et cette loi d'ingratitude et de lé-

gèreté s'applique à tous. Il en est toujours ainsi des amitiés qui n'ont d'autre fondement que le plaisir. Mais, ajouta Minette en embrassant Mme Bertran, on n'a point à craindre de semblables déceptions dans notre province; d'ailleurs l'affection de votre famille vous est acquise et ne vous fera jamais défaut. »

Les affaires qui avaient amené Mme Bertran et Minette à Paris étant terminées, elles retournèrent à la *Prairie*, où elles n'avaient pas à redouter d'être froidement accueillies.

Les voyageuses, qui étaient impatiemment attendues, furent les bienvenues; on était si heureux de se retrouver en famille! Mme Bertran constatait à chaque instant combien cette vie était préférable à la vie du monde.

Henri, Auguste et leurs familles vinrent passer les fêtes de Noël à la *Prairie*. Minette et Mme Bertran s'étaient entendues pour leur faire la surprise d'un bel arbre de Noël.

Un beau jeune sapin avait été apporté par le jardinier. On y suspendit les objets renfermés dans une caisse mystérieuse qui n'avait pas été ouverte depuis le retour de Mme Bertran. De petites bougies de différentes couleurs furent fixées sur les branches de l'arbre. Personne n'avait été oublié : les présents destinés aux parents et aux serviteurs étaient déposés sur une petite table

qu'abritait le sapin. C'était la première fois que
les enfants voyaient un arbre de Noël, ils en
furent émerveillés.

Le premier moment d'enthousiasme passé,
Minette commença à distribuer les présents destinés à chacun, selon son âge et son goût. Il
faut ajouter, au plaisir des enfants, la gloire de
se coucher plus tard qu'à l'ordinaire. Minette
n'avait point oublié ses petits protégés du village. Ils eurent une large part dans cette généreuse distribution.

Malgré la monotonie de la vie de campagne
en hiver, le temps passa rapidement ; et un
printemps précoce permit à Mme Bertran et à
Minette de se rendre en Touraine dès le mois
d'avril.

Ces dames allaient recevoir les meubles qui
leur étaient expédiés de Paris. L'appartement de
chacun fut désigné : une pièce située dans une
des tourelles du château fut meublée à l'intention de M. Lucet ; le calme et la beauté du
paysage seraient favorables à de nouvelles inspirations.

On réserva pour Mme Lucet et Mme Bertran
deux belles chambres de plain-pied avec les
terrasses. Minette avait fait choix pour elle-
même d'une très modeste chambre, mais la cousine exigea impérieusement que la chambre de

18

Minette fût celle, d'une maîtresse de maison.
Quant à son atelier, il fut établi dans la tour
parallèle à la tour où était le cabinet de travail
de M. Lucet. La Loire, ses îles et les villages
situés sur la rive opposée seraient autant de
paysages dignes du pinceau de Minette.

Les choses ainsi disposées, Mme Bertran remit
à la nouvelle châtelaine les clefs des armoires
aux provisions, et la chargea d'inviter tous les
membres de la famille à venir prendre possession des appartements qui avaient été disposés
pour les recevoir.

On vit donc arriver, par un beau jour de mai,
plusieurs voitures qui amenaient parents et
enfants; et, quelques jours plus tard, chacun
était installé dans l'appartement qui lui avait
été destiné.

Un des plaisirs de la famille était de s'établir
sur la belle terrasse qui domine la Loire. On
faisait la lecture lorsque le va-et-vient de la route
n'était pas assez bruyant pour couvrir la voix du
lecteur.

Un après-midi du mois d'août, des enfants
jouaient dans une barque de pêcheur attachée
au rivage. Parmi ces enfants se trouvait un petit
sourd-muet âgé de cinq ans. Cet enfant était
connu et aimé de tous les habitants de Saint-Cyr;
son infirmité avait inspiré promptement de l'in-

Mme Bertran remit à la nouvelle châtelaine les clefs des armoires.

térêt à la famille Lucet; Minette avait toujours
quelques friandises en réserve pour lui; elle devait nécessairement s'attacher à ce pauvre petit
déshérité, que ses parents, de pauvres journa-
liers, ne pouvaient surveiller autant qu'ils le
souhaitaient; mais ses camarades l'aimaient et
le protégeaient. Ces enfants n'étaient pas sans
pitié : ils l'éloignaient de tout ce qui leur semblait être un danger pour lui.

Un jour, le petit Nicolas, ayant aperçu ses
camarades qui se baignaient, eut la fantaisie de
suivre leur exemple. Il fut bientôt débarrassé
de ses vêtements, et il entra résolument dans
l'eau; voyant les autres sauter, gambader, le
petit Nicolas voulut suivre leur exemple; les
enfants lui firent signe de venir les trouver. Le
pauvre petit se dirigea vers l'un d'eux qui venait
à sa rencontre, mais il ne put arriver jusqu'à
lui, car le fleuve était agité; l'apprenti baigneur
essayait en vain de lutter, mais la faiblesse de
ses jambes l'empêchait de résister au courant.
Nicolas avait peur, il criait, et ses camarades en
faisaient autant, dans l'espoir de voir apparaître
un pêcheur. Les cris de Nicolas et ceux des
autres enfants attirèrent l'attention des personnes assises sur la terrasse : « Le petit muet
se noie! criaient les enfants; au secours! au
secours! »

En entendant ces cris d'alarme, Auguste se jette à l'eau et ramène le pauvre sourd-muet, qui avait perdu connaissance. Maîtres et serviteurs l'entourèrent aussitôt, et les soins réclamés en semblable circonstance lui furent prodigués.

Ce ne fut toutefois que quatre heures plus tard qu'il ouvrit les yeux. Ses regards exprimaient la surprise. Cette belle chambre, ce petit lit, tout cela lui semblait un rêve; mais enfin, ayant aperçu Minette, il lui sourit.

Les spectateurs de la scène qui venait de se passer témoignaient une vraie joie à voir le petit muet rendu à la vie.

Cependant, un homme ayant dit, peut-être sans malice : « Après tout, ce ne serait pas un grand malheur si ce pauvre enfant s'était noyé, que deviendra-t-il?

— Ce qu'il deviendra! s'écria une bonne femme appuyée sur ses béquilles, ce qu'il deviendra! Il sera aimé et soigné par sa mère, tant qu'elle vivra, il sera soigné autant et peut-être plus que bien d'autres enfants. Moi qui suis leur voisine, je vois comme il est aimé et dorloté, pauvre agneau! Pardine! il est muet, ce n'est pas déjà un si grand mal : il y a bien assez de *gas* qui disent des sottises! »

Les parents du petit Nicolas ne rentrèrent

chez eux qu'à la chute du jour; ce fut une voisine qui leur apprit ce qui s'était passé :

« Allez le voir couché dans un beau petit lit. Je vais vous accompagner; ne pleurez pas, si vous pouvez vous en empêcher, mais remerciez le bon Dieu de ce qu'il y avait sur la terrasse du château un capitaine qui nage comme un barbeau. »

Les parents coururent en toute hâte au château. Nicolas leur sourit.

La mère le couvrit de ses baisers en disant :

« Pauvre enfant, que deviendras-tu quand nous ne serons plus de ce monde?

— Ma brave femme, dit Minette, la Providence ne dit pas tous ses secrets; mais je vais vous en dire un qu'elle m'a confié : L'accident arrivé à votre petit garçon sera une source de bonheur pour lui, si vous voulez.

— Oh! dirent le père et la mère, si nous le voulons! Nous pleurons souvent en nous demandant ce qu'il deviendra quand nous serons couchés au cimetière.

— Eh bien, reprit Minette, je vais vous rassurer : il y a plus de cent ans, un homme touché de compassion pour ces pauvres petits sourds-muets résolut de leur venir en aide; et après beaucoup d'essais il parvint à inventer une ma-

nière de leur apprendre à lire et à travailler
pour gagner leur vie, chacun selon ses dispositions. Si vous consentez à vous séparer de votre
petit Nicolas, je le placerai dans une de ces écoles,
où il apprendra à lire et à écrire ; et, s'il répond
soins qui lui seront donnés, il reviendra ici, et
j'en ferai mon jardinier. Eh bien, vous ne dites
rien?

— Ah! madame, le bonheur empêche de parler! Nous vous bénirons si vous prenez notre
petit Nicolas sous votre protection.

— Il y en a bien qui disent que le malheur est
bon à quelque chose, je ne l'aurais jamais cru ;
mais je vois bien que c'est vrai. Mes braves gens,
je ne vous rendrai pas votre enfant avant qu'il
soit tout à fait rétabli. »

Cet événement et ses heureuses conséquences
furent bientôt connus de tout le pays ; Minette
fut louée et bénie de tous, même de ceux qui
ne la connaissaient que de vue ; et les noms
du petit Nicolas et de Minette devinrent insépa-
rables.

Les choses se passèrent comme l'avait désiré
Mlle Lucet : Nicolas fut placé à l'institution des
sourds-muets du département ; son intelligence
se développa peu à peu ; il se fit aimer par la
douceur de son caractère ; et nous n'attendrons
pas plus longtemps pour dire au lecteur qu'à

quinze ans il travaillait sous la direction du jardinier de Bellevue, auquel il devait succéder.

Le lendemain de cette grande journée, Auguste se présenta de l'air le plus sérieux devant Minette pour recevoir la prime à laquelle tout sauveteur a droit.

« J'y songeais, mon ami, répondit Minette. Sortons, nous causerons plus à notre aise. Je ne veux pas que mes héritiers attendent que j'aie disparu de ce monde pour recueillir leur part de mon héritage. Moi aussi, j'ai fait mon testament; et tu peux dès maintenant compter sur une jolie dot pour ta fille.

— Oh! sœur bien-aimée! »

Il ne put en dire davantage, et eut peine à dissimuler deux larmes.

« Eh bien, Auguste, trouves-tu encore qu'il y a trop de vieilles filles?

— Oh! ma sœur! »

Le vaillant capitaine ne put ajouter un mot de plus. Minette elle-même était fort émue.

Henri et sa femme, informés de ce qui s'était passé à Bellevue, accoururent; et ce fut en vain que Mme Bertran essaya d'échapper aux témoignages de reconnaissance de toute la famille.

Les enfants grandissent vite : quelques années

plus tard, deux mariages étaient célébrés dans la petite église de Saint-Cyr.

M. et Mme Lucet étaient d'heureux vieillards qui ne passaient pas un jour sans remercier la Providence du bonheur de leurs enfants.

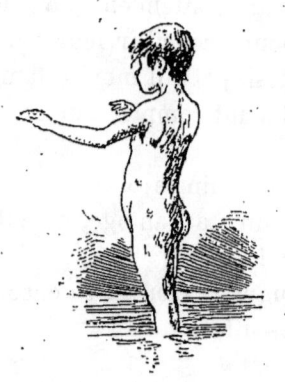

TABLE DES CHAPITRES

I.	Minette..........................	1
II.	La cousine..........................	15
III.	Monsieur et mademoiselle Leduc..	31
IV.	Les moutons d'Australie....................	45
V.	Le livre de papa..........................	59
VI.	A la campagne..........................	77
VII.	En vacances....	91
VIII.	La guerre..........................	109
IX.	Le dîner de la Saint-Jean........	125
X.	La jeune artiste..........................	141
XI.	Minette garde-malade..................	153
XII.	Une visite imprévue....	169
XIII.	Faits divers..........................	181
XIV.	Après la victoire..........................	201
XV.	Deux portraits..........................	227
XVI.	L'héritière..........................	247
XVII.	Déception..........................	267

FIN DE LA TABLE DES CHAPITRES

14305. — Imp. A. Lahure, rue de Fleurus, 9, à Paris.

13 décembre 17

LIBRAIRIE HACHETTE & Cⁱᵉ

BOULEVARD SAINT-GERMAIN, 79, A PARIS

LE

JOURNAL DE LA JEUNESSE

NOUVEAU RECUEIL HEBDOMADAIRE

TRÈS RICHEMENT ILLUSTRÉ

POUR LES ENFANTS DE 10 A 15 ANS

Les treize premières années (1873-1885),

formant vingt-six beaux volumes grand in-8°, sont en vente.

Ce nouveau recueil est une des lectures les plus attrayantes que
l'on puisse mettre entre les mains de la jeunesse. Il contient des
nouvelles, des contes, des biographies, des récits d'aventures et
de voyages, des causeries sur l'histoire naturelle, la géographie,
les arts et l'industrie, etc., par

Mᵐᵉˢ S. BLANDY, COLOMB, GUSTAVE DEMOULIN, EMMA D'ERWIN,
ZÉNAÏDE FLEURIOT, ANDRÉ GÉRARD, JULIE GOURAUD, MARIE MARÉCHAL,
L. MUSSAT, OUIDA, DE WITT NÉE GUIZOT,

MM. A. ASSOLLANT, DE LA BLANCHÈRE, LÉON CAHUN,
RICHARD CORTAMBERT, ERNEST DAUDET, DILLAYE, LOUIS ÉNAULT,
J. GIRARDIN, AIMÉ GIRON, AMÉDÉE GUILLEMIN, CH. JOLIET, ALBERT LÉVY,
ERNEST MENAULT, EUGÈNE MULLER, PAUL PELET, LOUIS ROUSSELET,
G. TISSANDIER, P. VINCENT, ETC.

et est

ILLUSTRÉ DE 7500 GRAVURES SUR BOIS

d'après les dessins de

É. BAYARD, BERTALL, BLANCHARD,
CAIN, CASTELLI, CATENACCI, CRAFTY, C. DELORT,
FAGUET, FÉRAT, FERDINANDUS, GILBERT,
GODEFROY DURAND, HUBERT-CLERGET, KAUFFMANN, LIX, A. MARIE,
MESNEL, MOYNET, A. DE NEUVILLE, PHILIPPOTEAUX,
POIRSON, PRANISHNIKOFF, RICHNER, RIOU,
RONJAT, SAHIB, TAYLOR, THÉROND,
TOFANI, TH. WEBER, E. ZIER.

Juin 1886. — 100,000.

CONDITIONS DE VENTE ET D'ABONNEMENT

LE JOURNAL DE LA JEUNESSE paraît le samedi de chaque semaine. Le prix du numéro, comprenant 16 pages grand in-8°, est de **40** centimes.

Les 52 numéros publiés dans une année forment deux volumes.

Prix de chaque volume, broché, **10** francs; cartonné en percaline rouge, tranches dorées, **13** francs.

PRIX DE L'ABONNEMENT
POUR PARIS ET LES DÉPARTEMENTS

Un an (2 volumes)............... **20** FRANCS
Six mois (1 volume)............. **10** —

Prix de l'abonnement pour les pays étrangers qui font partie de l'Union générale des postes : Un an, **23** fr.; six mois, **11** fr.

Les abonnements se prennent à partir du 1er décembre et du 1er juin de chaque année.

MON JOURNAL

CINQUIÈME ANNÉE

NOUVEAU RECUEIL MENSUEL ILLUSTRÉ

POUR LES ENFANTS DE 5 A 10 ANS

PUBLIÉ SOUS LA DIRECTION DE

Mᵐᵉ Pauline KERGOMARD et de M. Charles DEFODON

CONDITIONS DE VENTE ET D'ABONNEMENT :

Il parait un numéro le 15 de chaque mois depuis le 15 octobre 1881.

Prix de l'abonnement : Un an, 1 fr. 80; prix du numéro, 15 centimes.

Les quatre premières années de ce nouveau recueil forment quatre beaux volumes grand in-8°, illustrés de nombreuses gravures. La première année est épuisée; la cinquième est en cours de publication.

Prix de l'année, brochée, **2 fr.** ; cartonnée en percaline gaufrée, avec fers spéciaux à froid, **2 fr. 50.**

Prix de l'emboîtage en percaline, pour les abonnés ou les acheteurs au numéro, **70** centimes.

NOUVELLE COLLECTION ILLUSTRÉE

POUR LA JEUNESSE ET L'ENFANCE

FORMAT IN-8°

CHAQUE VOLUME BROCHÉ, 5 FR.

RELIÉ EN PERCALINE A BISEAUX, TRANCHES DORÉES, 8 FR.

Assollant (A.): *Montluc le Rouge.* 2 vol. avec 107 grav. d'après Sahib.

— *Pendragon.* 1 vol. avec 42 gravures d'après C. Gilbert.

Auerbach : *La fille aux pieds nus.* Nouvelle imitée de l'allemand par J. Gourdault. 1 vol. avec 72 gravures d'après Vautier.

Baker (S. W.) : *L'enfant du naufrage,* traduit de l'anglais par Mme Fernand. 1 vol. avec 10 gravures.

Cahun (L.) : *Les pilotes d'Ango.* 1 vol. avec 45 gravures d'après Sahib.

— *Les Mercenaires.* 1 vol. avec 54 gravures d'après P. Fritel.

Colomb (Mme) : *Le violoneux de la sapinière.* 1 vol. avec 85 gravures d'après A. Marie.

— *La fille de Carilès.* 1 vol. avec 96 gravures d'après A. Marie. Ouvrage couronné par l'Académie française.

— *Deux mères.* 1 vol. avec 133 gravures d'après A. Marie.

— *Le bonheur de Françoise.* 1 vol. avec 112 gravures d'après A. Marie.

— *Chloris et Jeanneton.* 1 vol. avec 105 gravures d'après Sahib.

— *L'héritière de Vauclain.* 1 vol. avec 104 grav. d'après C. Delort.

Colomb (Mme): *Franchise.* 1 vol. avec 113 gravures d'après C. Delort.

— *Feu de paille.* 1 vol. avec 98 gravures d'après Tofani.

— *Les étapes de Madeleine.* 1 vol. avec 105 gravures d'après Tofani.

— *Denis le tyran.* 1 vol. avec 115 gravures d'après Tofani.

— *Pour la muse.* 1 vol. avec 105 gravures d'après Tofani.

— *Pour la patrie.* 1 vol. avec 112 gravures d'après E. Zier.

— *Hervé Plémeur.* 1 vol. avec 112 gravures d'après E. Zier.

Cortambert (E.) : *Voyage pittoresque à travers le monde.* 1 vol. avec 81 gravures.

— *Mœurs et caractères des peuples* (Europe, Afrique). 1 vol. avec 69 gravures.

— *Mœurs et caractères des peuples* (Asie, Amérique, Océanie). 1 vol. avec 60 gravures.

Cortambert et Deslys : *Le pays du soleil.* 1 vol. avec 35 gravures.

Daudet (E.) : *Robert Darnetal.* 1 vol. avec 81 grav. d'après Sahib.

Demoulin (Mme G.) : *Les animaux étranges.* 1 vol. avec 172 gravures.

— *Les gens de bien.* 1 vol. avec 32 gravures d'après Gilbert.

— *Les maisons des bêtes.* 1 vol. avec 70 gravures.

Deslys (Ch.) : *Courage et dévouement.* Histoire de trois jeunes filles.
1 vol. avec 31 gravures d'après Lix
et Gilbert.

— *L'Ami François.* 1 vol. avec 35
gravures.

— *Nos Alpes,* avec 39 gravures d'a-
près J. David.

— *La mère aux chats.* 1 vol. avec
50 gravures d'après H. David.

Énault (L.) : *Le chien du capitaine.*
1 vol. avec 43 gravures d'après
E. Riou.

Erwin (Mme E. d') : *Heur et malheur.* 1 vol. avec 50 gravures d'a-
près H. Castelli.

Fath (G.) : *Le Paris des enfants.*
1 vol. avec 60 gravures d'après
l'auteur.

Fleuriot (Mlle Z.) : *M. Nostradamus.*
1 vol. avec 36 gravures d'après
A. Marie.

— *La petite duchesse.* 1 vol. avec
73 gravures d'après A. Marie.

— *Grandcœur.* 1 vol. avec 45 gravures d'après C. Delort.

— *Raoul Daubry, chef de famille.*
1 vol. avec 32 gravures d'après
C. Delort.

— *Mandarine.* 1 vol. avec 95 gravures d'après C. Delort.

— *Cadok.* 1 vol. avec 24 gravures
d'après C. Gilbert.

— *Câline.* 1 vol. avec 102 grav. d'a-
près G. Fraipont.

— *Feu et flamme.* 1 vol. avec 80 gravures d'après Tofani.

Girardin (J.) : *Les braves gens.*
1 vol. avec 115 gravures d'après
E. Bayard.

Ouvrage couronné par l'Académie
française.

— *Nous autres.* 1 vol. avec 182 gravures d'après E. Bayard.

Girardin (J.) : *Fausse route.* 1 vol.
avec 55 grav. d'après H. Castelli.

— *La toute petite.* 1 vol. avec 128
gravures d'après E. Bayard.

— *L'oncle Placide.* 1 vol. avec 139
gravures d'après A. Marie.

— *Le neveu de l'oncle Placide.*
1re partie. A la recherche de l'héri-
tier. 1 vol. avec 122 gravures d'a-
près A. Marie.

— *Le neveu de l'oncle Placide,*
2e partie. A la recherche de l'héritage. 1 vol. avec 98 gravures d'a-
près A. Marie.

— *Le neveu de l'oncle Placide.*
3e et dernière partie. L'héritage du
vieux Cob. 1 vol. avec 147 gravures
d'après A. Marie.

— *Grand-Père.* 1 vol. avec 91 gravures d'après C. Delort.

Ouvrage couronné par l'Académie
française.

— *Maman.* 1 vol. avec 112 gravures
d'après Tofani.

— *Le roman d'un cancre.* 1 vol. avec
119 gravures d'après Tofani.

— *Les millions de la tante Zézé.* 1
vol. avec 112 gravures d'après
Tofani.

— *La famille Gaudry.* 1 vol. avec
112 gravures d'après Tofani.

— *Histoire d'un Berrichon.* 1 vol.
avec 112 gravures d'après Tofani.

Gouraud (Mlle J.) : *Cousine Marie.*
1 vol. avec 36 gravures d'après
A. Marie.

Hayes (le Dr) : *Perdus dans les
glaces,* traduit de l'anglais, par L.
Renard. 1 vol. avec 58 gravures
d'après Crépon, etc.

Henty (C.) : *Les jeunes francs-
tireurs,* traduit de l'anglais, par
Mme Rousseau. 1 vol. avec 20 gravures d'après Janet-Lange.

Kingston (W.) : *Une croisière autour du monde*, traduit de l'anglais par J. Belin de Launay. 1 vol. avec 44 gravures d'après Riou.

Paulian (L.) : *La hotte du chiffonnier*. 1 vol. avec 47 gravures d'après J. Férat.

Rousselet (L.) : *Le charmeur de serpents*. 1 vol. avec 68 gravures d'après A. Marie.
— *Le fils du connétable*. 1 vol. avec 113 gravures d'après Pranishnikoff.
— *Les deux mousses*. 1 vol. avec 90 gravures d'après Sahib.
— *Le tambour du Royal-Auvergne*. 1 vol. avec 115 gravures d'après Poirson.
— *La peau du tigre*. 1 vol. avec 102 gravures d'après Bellecroix et Tofani.

Saintine : *La nature et ses trois règnes*, ou la mère Gigogne et ses trois filles. 1 vol. avec 171 gravures d'après Foulquier et Faguet.
— *La mythologie du Rhin et les contes de la mère-grand*. 1 vol. avec 160 gravures d'après Gustave Doré.

Stanley (H.) : *La terre de servitude*, traduit de l'anglais par Levoisin. 1 vol. avec 21 gravures d'après P. Philippoteaux.

Tissot et Améro : *Aventures de trois fugitifs en Sibérie.* 1 vol. avec 72 gravures d'après Pranishnikoff.

Tom Brown, scènes de la vie de collège en Angleterre. Imité de l'anglais par J. Girardin. 1 vol. avec 69 gravures d'après Godefroy Durand.

Witt (Mme de), née Guizot : *Scènes historiques*. 1re série. 1 vol. avec 18 gravures d'après E. Bayard.
— *Scènes historiques*. 2e série. 1 vol. avec 28 gravures d'après A. Marie.
— *Lutin et démon*. 1 vol. avec 36 gravures d'après Pranishnikoff et E. Zier.
— *Normands et Normandes*. 1 vol. avec 70 gravures d'après E. Zier.
— *Un jardin suspendu*. 1 vol. avec 39 gravures d'après C. Gilbert.
— *Notre-Dame Guesclin*. 1 vol. avec 70 gravures d'après E. Zier.
— *Une sœur*. 1 vol. avec 65 gravures d'après É. Bayard.
— *Légendes et récits pour la jeunesse*. 1 vol. avec 18 gravures d'après Philippoteaux.
— *Un nid*. 1 vol. avec 63 gravures d'après Ferdinandus.

BIBLIOTHÈQUE DES PETITS ENFANTS

DE 4 A 8 ANS

FORMAT GRAND IN-16

CHAQUE VOLUME, BROCHÉ, 2 FR. 25

CARTONNÉ EN PERCALINE BLEUE, TRANCHES DORÉES, 3 FR. 50

Ces volumes sont imprimés en gros caractères.

Cheron de la Bruyère (Mme): *Contes à Pépée.* 1 vol. avec 24 gravures d'après Grivaz.

— *Plaisirs et aventures.* 1 vol. avec 30 gravures d'après Jeanniot.

Colomb (Mme) : *Les infortunes de Chouchou.* 1 vol. avec 48 gravures d'après Riou.

Duporteau (Mme) : *Petits récits.* 1 vol. avec 28 gravures d'après Tofani.

Erwin (Mme E. d') : *Un été à la campagne.* 1 vol. avec 39 gravures d'après Sahib.

Franck (Mme E.) : *Causeries d'une grand'mère.* 1 vol. avec 72 gravures d'après C. Delort.

Fresneau (Mme), née de Ségur: *Une année du petit Joseph.* Imité de l'anglais. 1 vol. avec 67 gravures d'après Jeanniot.

Girardin (J.) : *Quand j'étais petit garçon.* 1 vol. avec 52 gravures d'après Ferdinandus.

— *Dans notre classe.* 1 vol. avec 26 gravures d'après Jeanniot.

Molesworth (Mme) : *Les aventures de M. Baby,* traduit de l'anglais par Mme de Witt. 1 vol. avec 12 gravures d'après W. Crane.

Pape-Carpantier (Mme) : *Nouvelles histoires et leçons de choses.* 1 vol. avec 42 gravures d'après Semechini.

Surville (André) : *Les grandes vacances.* 1 vol. avec 30 gravures d'après Semechini.

— *Les amis de Berthe.* 1 vol. avec 30 gravures d'après Ferdinandus.

Witt (Mme de), née Guizot : *Histoire de deux petits frères.* 1 vol. avec 45 grav. d'après Tofani.

— *Sur la plage.* 1 vol. avec 55 gravures d'après Ferdinandus.

— *Par monts et par vaux.* 1 vol. avec 54 grav. d'après Ferdinandus.

— *Vieux amis.* 1 vol. avec 60 gravures d'après Ferdinandus.

— *En pleins champs.* 1 vol. avec 45 gravures d'après Gilbert.

— *Petite.* 1 vol. avec 56 gravures d'après Tofani.

BIBLIOTHÈQUE ROSE ILLUSTRÉE

FORMAT IN-16

CHAQUE VOLUME, BROCHÉ, 2 FR. 25

CARTONNÉ EN PERCALINE ROUGE, TRANCHES DORÉES, 3 FR. 50

I⁰ SÉRIE, POUR LES ENFANTS DE 4 A 8 ANS

Anonyme : *Chien et chat*, traduit de l'anglais. 1 vol. avec 45 gravures d'après E. Bayard.

— *Douze histoires pour les enfants de quatre à huit ans*, par une mère de famille. 1 vol. avec 8 gravures d'après Bertall.

— *Les enfants d'aujourd'hui*, par le même auteur. 1 vol. avec 40 gravures d'après Bertall.

Carraud (Mme) : *Historiettes véritables*, pour les enfants de quatre à huit ans. 1 vol. avec 94 gravures d'après G. Fath.

Fath (G.) : *La sagesse des enfants*, proverbes. 1 vol. avec 100 gravures d'après l'auteur.

Laroque (Mme) : *Grands et petits*. 1 vol. avec 61 gravures d'après Bertall.

Marcel (Mme J.) : *Histoire d'un cheval de bois*. 1 vol. avec 20 gravures d'après E. Bayard.

Pape-Carpantier (Mme) : *Histoires et leçons de choses pour les enfants.* 1 vol. avec 85 gravures d'après Bertall.

Ouvrage couronné par l'Académie française.

Perrault, MMmes d'Aulnoy et Leprince de Beaumont : *Contes de fées.* 1 vol. avec 65 gravures d'après Bertall et Foresi.

Porchat (J.) : *Contes merveilleux.* 1 vol. avec 21 gravures d'après Bertall.

Schmid (le chanoine) : *190 contes pour les enfants*, traduit de l'allemand par André van Hasselt. 1 vol. avec 29 gravures d'après Bertall.

Ségur (Mme la comtesse de) : *Nouveaux contes de fées.* 1 vol. avec 46 gravures d'après Gustave Doré et H. Didier.

IIᵉ SÉRIE, POUR LES ENFANTS DE 8 A 14 ANS

Achard (A.) : *Histoire de mes amis.* 1 vol. avec 25 gravures d'après Bellecroix.

Alcott (Miss) : *Sous les lilas*, traduit de l'anglais par Mme S. Lepage. 1 vol. avec 23 gravures.

Andersen : *Contes choisis*, traduits du danois par Soldi. 1 vol. avec 40 gravures d'après Bertall.

Anonyme : *Les fêtes d'enfants*, scènes et dialogues. 1 vol. avec 41 gravures d'après Foulquier.

Assollant (A.) : *Les aventures merveilleuses mais authentiques du capitaine Corcoran*. 2 vol. avec 50 gravures, d'après A. de Neuville.

Barrau (Th.) : *Amour filial*. 1 vol. avec 41 gravures d'après Ferogio.

Bawr (Mme de) : *Nouveaux contes*. 1 vol. avec 40 gravures d'après Bertall.

Ouvrage couronné par l'Académie française.

Beleze : *Jeux des adolescents*. 1 vol. avec 140 gravures.

Berquin : *Choix de petits drames et de contes*. 1 vol. avec 36 gravures d'après Foulquier, etc.

Berthet (E.) : *L'enfant des bois*. 1 vol. avec 61 gravures.

Blanchère (De la) : *Les aventures de la Ramée*. 1 vol. avec 36 gravures d'après E. Forest.

— *Oncle Tobie le pêcheur*. 1 vol. avec 80 gravures d'après Foulquier et Mesnel.

Boiteau (P.) : *Légendes recueillies ou composées pour les enfants*. 1 vol. avec 42 gravures d'après Bertall.

Carpentier (Mlle E.) : *La maison du bon Dieu*. 1 vol. avec 58 gravures d'après Riou.

— *Sauvons-le !* 1 vol. avec 60 gravures d'après Riou.

— *Le secret du docteur*, ou la maison fermée. 1 vol. avec 43 gravures d'après P. Girardet.

— *La tour du preux*. 1 vol. avec 59 gravures d'après Tofani.

Carraud (Mme Z.) : *La petite Jeanne*, ou le devoir. 1 vol. avec 21 gravures d'après Forest.

Ouvrage couronné par l'Académie française.

Carraud (Mme Z.) : *Les goûters de la grand'mère*. 1 vol. avec 18 gravures d'après E. Bayard.

— *Les métamorphoses d'une goutte d'eau*. 1 vol. avec 50 gravures d'après E. Bayard.

Castillon (A.) : *Les récréations physiques*. 1 vol. avec 36 gravures d'après Castelli.

— *Les récréations chimiques*, faisant suite au précédent. 1 vol. avec 34 gravures d'après H. Castelli.

Cazin (Mme J.) : *Les petits montagnards*. 1 vol. avec 51 gravures d'après G. Vuillier.

— *Un drame dans la montagne*. 1 vol. avec 33 grav. d'après G. Vuillier.

— *Histoire d'un pauvre petit*. 1 vol. avec 40 gravures d'après Tofani.

— *L'enfant des Alpes*. 1 vol. avec 33 gravures d'après Tofani.

Chabreul (Mme de) : *Jeux et exercices des jeunes filles*. 1 vol. avec 62 gravures d'après Fath, et la musique des rondes.

Colet (Mme L.) : *Enfances célèbres*. 1 vol. avec 57 gravures d'après Foulquier.

Contes anglais, traduits par Mme de Witt. 1 vol. avec 43 gravures d'après Morin.

Deslys (Ch.) : *Grand'maman*. 1 vol. avec 29 gravures d'après E. Zier.

Edgeworth (Miss) : *Contes de l'adolescence*, traduits par A. Le François. 1 vol. avec 42 gravures d'après Morin.

— *Contes de l'enfance*, traduits par le même. 1 vol. avec 26 gravures d'après Foulquier.

Edgeworth (Miss) : *Demain*, suivi de *Mourad le malheureux*, contes traduits par H. Jousselin. 1 vol. avec 55 gravures d'après Bertall.

Fénelon : *Fables.* 1 vol. avec 20 grav. d'après Forest et É. Bayard.

Fleuriot (Mlle) : *Le petit chef de famille.* 1 vol. avec 57 gravures d'après H. Castelli.

— *Plus tard*, ou le jeune chef de famille. 1 vol. avec 60 gravures d'après É. Bayard.

— *L'enfant gâté.* 1 vol. avec 48 gravures d'après Ferdinandus.

— *Tranquille et Tourbillon.* 1 vol. avec 45 grav. d'après C. Delort.

— *Cadette.* 1 vol. avec 52 gravures d'après Tofani.

— *En congé.* 1 vol. avec 61 gravures d'après Ad. Marie.

— *Bigarette.* 1 vol. avec 48 gravures d'après Ad. Marie.

— *Bouche-en-Cœur.* 1 vol. avec 45 gravures d'après Tofani.

— *Gildas l'intraitable.* 1 vol. avec 56 gravures d'après E. Zier.

Foë (de) : *La vie et les aventures de Robinson Crusoé*, traduites de l'anglais. 1 vol. avec 40 gravures.

Fonvielle (W. de) : *Néridah.* 2 vol. avec 45 gravures d'après Sahib.

Genlis (Mme de) : *Contes moraux.* 1 vol. avec 40 gravures d'après Foulquier, etc.

Gérard (A.) : *Petite Rose.* — *Grande Jeanne.* 1 vol. avec 28 gravures d'après Gilbert.

Girardin (J.) : *La disparition du grand Krause.* 1 vol. avec 70 gravures d'après Kauffmann.

Giron (A.) : *Ces pauvres petits !* 1 vol. avec 22 gravures d'après B. Nouvel.

Gouraud (Mlle J.) : *Les enfants de la ferme.* 1 vol. avec 59 grav. d'après É. Bayard.

— *Le livre de maman.* 1 vol. avec 68 grav. d'après É. Bayard.

— *Cécile, ou la petite sœur.* 1 vol. avec 26 grav. d'après Desandré.

— *Lettres de deux poupées.* 1 vol. avec 59 gravures d'après Olivier.

— *Le petit colporteur.* 1 vol. avec 27 grav. d'après A. de Neuville.

— *Les mémoires d'un petit garçon.* 1 vol. avec 86 gravures d'après É. Bayard.

— *Les mémoires d'un caniche.* 1 vol. avec 75 gravures d'après É. Bayard.

— *L'enfant du guide.* 1 vol. avec 60 gravures d'après É. Bayard.

— *Petite et grande.* 1 vol. avec 48 gravures d'après É. Bayard.

— *Les quatre pièces d'or.* 1 vol. avec 54 gravures d'après É. Bayard.

— *Les deux enfants de Saint-Domingue.* 1 vol. avec 54 gravures d'après É. Bayard.

— *La petite maîtresse de maison.* 1 vol. avec 37 grav. d'après Marie.

— *Les filles du professeur.* 1 vol. avec 36 grav. d'après Kauffmann.

— *La famille Harel.* 1 vol. avec 44 gravures d'après Valnay.

— *Aller et retour.* 1 vol. avec 40 gravures d'après Ferdinandus.

— *Les petits voisins.* 1 vol. avec 39 gravures d'après C. Gilbert.

— *Chez grand'mère.* 1 vol. avec 98 gravures d'après Tofani.

— *Le petit bonhomme.* 1 vol. avec 45 grav. d'après A. Ferdinandus.

— *Le vieux château.* 1 vol. avec 28 gravures d'après E. Zier.

— *Pierrot.* 1 vol. avec 31 gravures d'après E. Zier.

Grimm (les frères) : *Contes choisis*, traduits par Ferd. Baudry. 1 vol. avec 40 gravures d'après Bertall.

Hauff : *La caravane*, traduit par A. Talon. 1 vol. avec 40 gravures d'après Bertall.

— *L'auberge du Spessart*, traduit par A. Talon. 1 vol. avec 61 gravures d'après Bertall.

Hawthorne : *Le livre des merveilles*, traduit de l'anglais par L. Rabillon. 2 vol. avec 40 gravures d'après Bertall.

Hébel et Karl Simrock : *Contes allemands*, traduits par M. Martin. 1 vol. avec 27 grav. d'après Bertall.

Johnson (R. B.) : *Dans l'extrême Far West*, traduit de l'anglais par A. Talandier. 1 vol. avec 20 gravures d'après A. Marie.

Marcel (Mᵐᵉ J.) : *L'école buissonnière*. 1 vol. avec 20 gravures d'après A. Marie.

— *Le bon frère*. 1 vol. avec 21 gravures d'après É. Bayard.

— *Les petits vagabonds*. 1 vol. avec 25 gravures d'après É. Bayard.

— *Histoire d'une grand'mère et de son petit-fils*. 1 vol. avec 36 gravures d'après C. Delort.

— *Daniel*. 1 vol. avec 45 gravures d'après Gilbert.

— *Le frère et la sœur*. 1 vol. avec 45 gravures d'après E. Zier.

— *Un bon gros pataud*. 1 vol. avec 45 gravures d'après Jeanniot.

Maréchal (Mˡˡᵉ M.) : *La dette de Ben-Aïssa*. 1 vol. avec 20 gravures d'après Bertall.

— *Nos petits camarades*. 1 vol. avec 18 gravures d'après E. Bayard et H. Castelli, etc.

— *La maison modèle*. 1 vol. avec 42 gravures d'après Sahib.

Marmier (X.) : *L'arbre de Noël*. 1 vol. avec 68 gravures d'après Bertall.

Martignat (Mˡˡᵉ de) : *Les vacances d'Élisabeth*. 1 vol. avec 36 gravures d'après Kauffmann.

— *L'oncle Boni*. 1 vol. avec 42 gravures d'après Gilbert.

— *Ginette*. 1 vol. avec 50 gravures d'après Tofani.

— *Le manoir d'Yolan*. 1 vol. avec 56 gravures d'après Tofani.

— *Le pupille du général*. 1 vol. avec 40 gravures d'après Tofani.

— *L'héritière de Maurivèze*. 1 vol. avec 39 grav. d'après Poirson.

— *Une vaillante enfant*. 1 vol. avec 43 gravures par Tofani.

— *Une petite-nièce d'Amérique*. 1 vol. avec 43 gravures d'après Tofani.

Mayne-Reid (le capitaine) : *Les chasseurs de girafes*, traduit de l'anglais par H. Vattemare. 1 vol. avec 10 gravures d'après A. de Neuville.

— *A fond de cale*, traduit par Mᵐᵉ H. Loreau. 1 vol. avec 12 gravures.

— *A la mer!* traduit par Mᵐᵉ H. Loreau. 1 vol. avec 12 gravures.

— *Bruin, ou les chasseurs d'ours*, traduit par A. Letellier. 1 vol. avec 8 grandes gravures.

— *Les chasseurs de plantes*, traduit par Mᵐᵉ H. Loreau. 1 vol. avec 29 gravures.

— *Les exilés dans la forêt*, traduit par Mᵐᵉ H. Loreau. 1 vol. avec 12 gravures.

— *L'habitation du désert*, traduit par A. Le François. 1 vol. avec 24 gravures.

Mayne-Reid (le capitaine) : *Les grimpeurs de rochers*, traduits par Mme H. Loreau. 1 vol. avec 20 gravures.

— *Les peuples étranges*, traduits par Mme H. Loreau. 1 vol. avec 24 gravures.

— *Les vacances des jeunes Boërs*, traduites par Mme H. Loreau. 1 vol. avec 12 gravures.

— *Les veillées de chasse*, traduites par H.-B. Révoil. 1 vol. avec 43 gravures d'après Freeman.

— *La chasse au Léviathan*, traduite par J. Girardin. 1 vol. avec 54 gravures d'après A. Ferdinandus et Th. Weber.

Muller (E.) : *Robinsonnette*. 1 vol. avec 22 gravures d'après Lix.

Ouida : *Le petit comte*. 1 vol. avec 34 gravures d'après G. Vuillier, Tofani, etc.

Peyronny (Mme de), née d'Isle : *Deux cœurs dévoués*. 1 vol. avec 53 gravures d'après J. Devaux.

Pitray (Mme de) : *Les enfants des Tuileries*. 1 vol. avec 29 gravures d'après É. Bayard.

— *Les débuts du gros Philéas*. 1 vol. avec 57 grav. d'après H. Castelli.

— *Le château de la Pétaudière*. 1 vol. avec 78 grav. d'après A. Marie.

— *Le fils du maquignon*. 1 vol. avec 65 gravures d'après Riou.

Rendu (V.) : *Mœurs pittoresques des insectes*. 1 vol. avec 49 grav.

Rostoptchine (Mme la comtesse) : *Belle, Sage et Bonne*. 1 vol. avec 39 gravures d'après Ferdinandus.

Sandras (Mme) : *Mémoires d'un lapin blanc*. 1 vol. avec 20 gravures d'après É. Bayard.

Sannois (Mlle la comtesse de) : *Les soirées à la maison*. 1 vol. avec 42 gravures d'après É. Bayard.

Ségur (Mme la comtesse de) : *Après la pluie, le beau temps*. 1 vol. avec 128 grav. d'après É. Bayard.

— *Comédies et proverbes*. 1 vol. avec 60 gravures d'après É. Bayard.

— *Diloy le chemineau*. 1 vol. avec 90 gravures d'après H. Castelli.

— *François le bossu*. 1 vol. avec 114 gravures d'après É. Bayard.

— *Jean qui grogne et Jean qui rit*. 1 vol. avec 70 gravures d'après Castelli.

— *La fortune de Gaspard*. 1 vol. avec 52 gravures d'après Gerlier.

— *La sœur de Gribouille*. 1 vol. avec 72 grav. d'après H. Castelli.

— *Pauvre Blaise!* 1 vol. avec 65 gravures d'après H. Castelli.

— *Quel amour d'enfant!* 1 vol. avec 79 gravures d'après É. Bayard.

— *Un bon petit diable*. 1 vol. avec 100 gravures d'après H. Castelli.

— *Le mauvais génie*. 1 vol. avec 90 gravures d'après É. Bayard.

— *L'auberge de l'ange gardien*. 1 vol. avec 75 grav. d'après Foulquier.

— *Le général Dourakine*. 1 vol. avec 100 gravures d'après É. Bayard.

— *Les bons enfants*. 1 vol. avec 70 gravures d'après Ferogio.

— *Les deux nigauds*. 1 vol. avec 76 gravures d'après H. Castelli.

— *Les malheurs de Sophie*. 1 vol. avec 48 grav. d'après H. Castelli.

Ségur (Mme la comtesse de) : *Les petites filles modèles.* 1 vol. avec 21 gravures d'après Bertall.

— *Les vacances.* 1 vol. avec 36 gravures d'après Bertall.

— *Mémoires d'un âne.* 1 vol. avec 75 grav. d'après H. Castelli.

Stolz (Mme de) : *La maison roulante.* 1 vol. avec 20 grav. sur bois d'après É. Bayard.

— *Le trésor de Nanette.* 1 vol. avec 24 gravures d'après É. Bayard.

— *Blanche et noire.* 1 vol. avec 54 gravures d'après É. Bayard.

— *Par-dessus la haie.* 1 vol. avec 56 gravures d'après A. Marie.

— *Les poches de mon oncle.* 1 vol. avec 20 gravures d'après Bertall.

— *Les vacances d'un grand-père.* 1 vol. avec 40 gravures d'après G. Delafosse.

— *Quatorze jours de bonheur.* 1 vol. avec 45 gravures d'après Bertall.

— *Le vieux de la forêt.* 1 vol. avec 32 gravures d'après Sahib.

— *Le secret de Laurent.* 1 vol. avec 32 gravures d'après Sahib.

— *Les deux reines.* 1 vol. avec 32 gravures d'après Delort.

— *Les mésaventures de Mlle Thérèse.* 1 vol. avec 29 grav. d'après Charles.

— *Les frères de lait.* 1 vol. avec 42 gravures d'après E. Zier.

Stolz (Mme de): *Magali.* 1 vol. avec 36 gravures d'après Tofani.

— *La maison blanche.* 1 vol. avec 35 gravures d'après Tofani.

— *Les deux André.* 1 vol. avec 45 gravures d'après Tofani.

— *Deux tantes.* 1 vol. avec 43 gravures d'après Tofani.

Swift : *Voyages de Gulliver,* traduits et abrégés à l'usage des enfants. 1 vol. avec 57 gravures d'après Delafosse.

Taulier : *Les deux petits Robinsons de la Grande-Chartreuse.* 1 vol. avec 69 gravures d'après É. Bayard et Hubert Clerget.

Tournier : *Les premiers chants,* poésies à l'usage de la jeunesse. 1 vol. avec 20 gravures d'après Gustave Roux.

Vimont (Ch.) : *Histoire d'un navire.* 1 vol. avec 40 gravures d'après Alex. Vimont.

Witt (Mme de), née Guizot : *Enfants et parents.* 1 vol. avec 34 gravures d'après A. de Neuville.

— *La petite-fille aux grand'mères.* 1 vol. avec 36 grav. d'après Beau.

— *En quarantaine.* 1 vol. avec 48 gravures d'après Ferdinandus.

IIIᵉ SÉRIE, POUR LES ENFANTS ADOLESCENTS

ET POUVANT FORMER UNE BIBLIOTHÈQUE POUR LES JEUNES FILLES DE 15 A 18 ANS

VOYAGES

Agassiz (M. et Mme) : *Voyage au Brésil,* traduits et abrégés par J. Belin de Launay. 1 vol. avec 16 gravures et 1 carte.

Aunet (Mme d') : *Voyage d'une femme au Spitzberg.* 1 vol. avec 34 gravures.

Baines : *Voyages dans le sud-ouest de l'Afrique,* traduits et abrégés par J. Belin de Launay. 1 vol. avec 22 gravures et 1 carte.

Baker: *Le lac Albert N'yanza*. Nouveau voyage aux sources du Nil, abrégé par J. Belin de Launay. 1 vol. avec 16 gravures et 1 carte.

Baldwin: *Du Natal au Zambèze* (1861-1865). Récits de chasses, abrégés par J. Belin de Launay. 1 vol. avec 24 gravures et 1 carte.

Burton (le capitaine): *Voyages à la Mecque, aux grands lacs d'Afrique et chez les Mormons*, abrégés par J. Belin de Launay. 1 vol. avec 12 gravures et 3 cartes.

Catlin: *La vie chez les Indiens*, traduit de l'anglais. 1 vol. avec 25 gravures.

Fonvielle (W. de): *Le glaçon du Polaris*, aventures du capitaine Tyson. 1 vol. avec 19 gravures et 1 carte.

Hayes (Dr): *La mer libre du pôle*, traduit par F. de Lanoye, et abrégé par J. Belin de Launay. 1 vol. avec 14 gravures et 1 carte.

Hervé et de Lanoye: *Voyages dans les glaces du pôle arctique*. 1 vol. avec 40 gravures.

Lanoye (F. de): *Le Nil et ses sources*. 1 vol. avec 32 gravures et des cartes.
— *La Sibérie*. 1 vol. avec 48 gravures d'après Lebreton, etc.
— *Les grandes scènes de la nature*. 1 vol. avec 40 gravures.
— *La mer polaire*, voyage de l'Erèbe et de la Terreur, et expédition à la recherche de Franklin. 1 vol. avec 29 gravures et des cartes.
— *Ramsès le Grand*, ou l'Egypte il y a trois mille trois cents ans. 1 vol. avec 39 gravures d'après Lancelot, É. Bayard, etc.

Livingstone: *Explorations dans l'Afrique australe*, abrégées par J. Belin de Launay. 1 vol. avec 20 gravures et 1 carte.

Livingstone: *Dernier journal*, abrégé par J. Belin de Launay. 1 vol. avec 16 gravures et 1 carte.

Mage (L.): *Voyage dans le Soudan occidental*, abrégé par J. Belin de Launay. 1 vol. avec 16 gravures et 1 carte.

Milton et Cheadle: *Voyage de l'Atlantique au Pacifique*, traduit et abrégé par J. Belin de Launay. 1 vol. avec 16 gravures et 2 cartes.

Mouhot (Ch.): *Voyage dans le royaume de Siam, le Cambodge et le Laos*. 1 vol. avec 28 gravures et 1 carte.

Palgrave (W. G.): *Une année dans l'Arabie centrale*, traduite par abrégée par J. Belin de Launay. 1 vol. avec 12 gravures, 1 portrait et 1 carte.

Pfeiffer (Mme): *Voyages autour du monde*, abrégés par J. Belin de Launay. 1 vol. avec 16 gravures et 1 carte.

Piotrowski: *Souvenirs d'un Sibérien*. 1 vol. avec 10 gravures d'après A. Marie.

Schweinfurth (Dr): *Au cœur de l'Afrique* (1868-1871). Traduit par Mme H. Loreau, et abrégé par J. Belin de Launay. 1 vol. avec 16 gravures et 1 carte.

Speke: *Les sources du Nil*, édition abrégée par J. Belin de Launay. 1 vol. avec 24 gravures et 3 cartes.

Stanley: *Comment j'ai retrouvé Livingstone*, traduit par Mme Loreau, et abrégé par J. Belin de Launay. 1 vol. avec 16 gravures et 1 carte.

Vambéry: *Voyages d'un faux derviche dans l'Asie centrale*, traduits par E. D. Forgues, et abrégés par J. Belin de Launay. 1 vol. avec 18 gravures et une carte.

HISTOIRE

Le loyal serviteur : *Histoire du gentil seigneur de Bayard*, revue et abrégée, à l'usage de la jeunesse, par Alph. Feillet. 1 vol. avec 36 gravures d'après P. Sellier.

Monnier (M.) : *Pompéi et les Pompéiens.* Édition à l'usage de la jeunesse. 1 vol. avec 25 gravures d'après Théroud.

Plutarque : *Vie des Grecs illustres,* édition abrégée par A. Feillet. 1 vol. avec 53 gravures d'après P. Sellier.

— *Vie des Romains illustres,* édition abrégée par A. Feillet. 1 vol. avec 69 gravures d'après P. Sellier.

Retz (Le cardinal de) : *Mémoires* abrégés par A. Feillet. 1 vol. avec 35 gravures d'après Gilbert, etc.

LITTÉRATURE

Bernardin de Saint-Pierre : *Œuvres choisies.* 1 vol. avec 42 gravures d'après É. Bayard.

Cervantès : *Don Quichotte de la Manche.* 1 vol. avec 64 gravures d'après Bertall et Forest.

Homère : *L'Iliade et l'Odyssée,* traduites par P. Giguet et abrégées par Alph. Feillet. 1 vol. avec 33 gravures d'après Olivier.

Le Sage : *Aventures de Gil Blas,* édition destinée à l'adolescence. 1 vol. avec 50 gravures d'après Leroux.

Mac-Intosch (Miss) : *Contes américains,* traduits par Mme Dionis. 2 vol. avec 50 gravures d'après É. Bayard.

Maistre (X. de) : *Œuvres choisies.* 1 vol. avec 15 gravures d'après É. Bayard.

Molière : *Œuvres choisies,* abrégées à l'usage de la jeunesse. 2 vol. avec 22 gravures d'après Hillemacher.

Virgile : *Œuvres choisies,* traduites et abrégées à l'usage de la jeunesse, par Th. Barrau. 1 vol. avec 20 gravures d'après P. Sellier.

ATLAS MANUEL

DE GÉOGRAPHIE MODERNE

Contenant 54 cartes imprimées en couleurs

Un volume in-folio relié en demi-chagrin......... **32 fr.**

ATLAS

DE

GÉOGRAPHIE MODERNE

PAR E. CORTAMBERT

Contenant 66 cartes imprimées en couleurs

NOUVELLE ÉDITION COMPLÈTEMENT REFONDUE

Sous la direction de plusieurs géographes & professeurs

Un volume in-4°, cartonné en percaline, **12 fr.**

NOUVEL ATLAS

DE

GÉOGRAPHIE

ANCIENNE, DU MOYEN AGE & MODERNE

PAR E. CORTAMBERT

Contenant 100 cartes imprimées en couleurs

NOUVELLE ÉDITION ENTIÈREMENT REFONDUE

Avec la collaboration d'une Société de géographes et de professeurs

Un volume in-4°, cartonné en percaline, **16 fr.**

6008. — BOURLOTON. — Imprimeries réunies, A, rue Mignon, 2, Paris.